A margem imóvel do rio

Luiz Antonio de Assis Brasil

A margem imóvel do rio

4ª edição

L&PM
EDITORES

1ª edição: agosto de 2003
4ª edição: junho de 2014

Capa: Marco Cena
Revisão: Jó Saldanha, Maria Aparecida Simões e Renato Deitos

ISBN: 978.85.254.1292-8

A848m   Assis Brasil. Luiz Antonio de, 1945-
         A margem imóvel do rio / Luiz Antonio de Assis Brasil –
         4 ed. – Porto Alegre: L&PM, 2014.
         176 p. ; 21 cm

         1. Ficção brasileira-Romances. I. Título.

                                  CDD 869.93
                                  CDU 869.0(81)-3

Catalogação elaborada por Izabel A. Merlo, CRB 10/329.

© Luiz Antonio de Assis Brasil, 2003

Todos os direitos desta edição reservados a L&PM Editores
Rua Comendador Coruja, 314, loja 9 – Floresta – 90.220-180
Porto Alegre – RS – Brasil / Fone: 51.3225.5777 – Fax: 51.3221.5380
Pedidos & Depto. Comercial: vendas@lpm.com.br
Fale conosco: info@lpm.com.br
www.lpm.com.br

Impresso no Brasil
Inverno de 2014

Para o Antônio, na inauguração da vida.

O silêncio, mesmo ao meio-dia,
mesmo no momento da maior lassidão do estio,
o silêncio zumbe sobre as margens imóveis dos rios.

HORÁCIO

Um prólogo

Ali estava Cecília, posta em seu caixão. No declínio da tarde, o sol ainda coloria os vitrais da capela funerária da Misericórdia do Rio de Janeiro. Um feixe de luz sangüíneo iluminava o rosto da morta, dando-lhe uma equívoca vida. Naqueles dias evitavam-se os velórios em casa.

 O homem da Casa de Pompas Fúnebres Pacheco & Filhos, encostado junto à tampa do esquife, viu quando aquele senhor chegou, foi cumprimentado pelos pouquíssimos que ali estavam e dirigiu-se para o lado de Cecília. Viu também quando ele fez o sinal-da-cruz e fechou os olhos. Inclinava o rosto entre as palmas das mãos. Seu corpo oscilou. Uma senhora aproximou-se e pegou-lhe o braço, dizendo-lhe que sentasse. Ele desvencilhou-se com uma hostilidade que mascarava a dor e foi até a porta. Pôs o chapéu panamá. Olhava para os lados, olhava para cima. Gesticulava sozinho. Saiu em direção à parada do bonde, mas sua perturbação era tanta que poderia ter-se encaminhado ao sentido oposto.

 Por medo do contágio, resolveram antecipar o sepultamento. Chamaram o capelão, que encomendou o corpo com a urgência requerida por outro cadáver. A febre amarela já levara uma dezena de mortos na cidade. Os cidadãos preocupavam-se, mal sabendo que em poucos anos teriam uma epidemia catastrófica, na qual seus filhos e netos pereceriam como moscas.

    Aquele senhor preferira caminhar. Demorou-se no trajeto, tentando organizar sua alma. A morte de Cecília era o sinal: aceitaria a missão que lhe davam. Muito ele desconhecia as origens daquela incumbência.

1

Os jornais humorísticos do século XIX informam que Sua Majestade o Sr. D. Pedro II, Imperador e Defensor Perpétuo do Brasil, protetor das Ciências e das Artes, também chamado pelo vulgo de Pedro Banana, tinha o curioso hábito de repetir "já sei, já sei". Falavam-lhe muitas e variadas coisas e, para defender-se do tédio, ele abreviava as conversas. Usava solenes barbas em leque, muito branquinhas, e isso era o bastante para que não insistissem. Tinha horror às disputas, mas suas decisões eram categóricas. Uma vez implicou com o Barão do Rio Branco e não o incluiu na comitiva que iria à Exposição da Filadélfia. "Assim o quero", disse, e a História ainda aguarda as razões. Na Exposição, Sua Majestade proferiu a interessante frase "to be or not to be" no bocal do aparelho inventado por Mr. Bell, e foi ouvido na outra ponta do fio.

Como não tivemos Idade Média, esse talentoso monarca preenchia nossas vagas aspirações de antigüidade e nobreza. D. Pedro II não foi amado nem temido: foi uma necessidade romântica.

Antes, algum breve tempo antes da morte anônima de Cecília, o Mordomo-mor da Casa Imperial, em seu gabinete do Paço, desde manhã cedo vasculhava pilhas de documentos. Qualquer coisa estava errada nos papéis da viagem que fizeram D. Pedro e D. Teresa Cristina à Província do Rio Grande do Sul. Faltava algo, o que é a pior forma de erro. Foi à Sala dos Despachos e perguntou ao Monarca se guardava lembrança de um certo estancieiro gaúcho chamado Francisco da Silva, em cuja casa estivera hospedado. A Imperial Pessoa refletiu, olhando para o reposteiro de veludo verde, onde se bordavam em ouro as armas do Brasil. Fixou-se nos ramos de tabaco e café, que se misturavam às ancestrais armas portuguesas. Disse em sua voz feminil, da qual tanto se envergonhava:

– Não lembro. – Apesar de já instalado o outono oficial, que o fizera descer das amenas temperaturas de Petrópolis, sentia muito calor. Refrescava-se com um abanico dos índios pataxós. Com isso homenageava seu gigantesco Império tropical e indígena. O Mordomo vinha-lhe agora falar sobre o Sul, esse território gélido, meio castelhano, bárbaro, lugar de guerras e sedições, pouco brasileiro. Disse o Imperador: – Vinte anos se passaram.

– Vinte e um, Majestade. – O Mordomo então informou o recebimento de uma petição minúscula, escrita em letra de criança, em que o tal estancieiro pedia o cumprimento da promessa de ser agraciado com o título de Barão da Serra Grande. Sua Majestade lhe teria prometido a mercê ao agradecer a hospedagem.

– Já sei, já sei...

O Mordomo de imediato teve a certeza de que não conseguiria nada. Pediu licença, curvou-se e voltou para seu gabinete, ao lado da Sala dos Despachos. Sentou-se à mesa de trabalho. Batia com os dedos no feltro que recobria o tampo de cedro. Lembrou-se, numa inspiração, do Cronista da Casa Imperial. Ele acompanhara D. Pedro ao Sul. Mandou chamá-lo ao Paço.

Uma hora depois o homem chegava. Tinha, como se diz, uma "certa idade". Era muito magro e triste.

– Ah! – disse o Mordomo, com falsa alegria. Não gostava dele, por esses motivos ignorados. – Boa-tarde. Sente-se. Esteja cômodo. Como está passando, Senhor Doutor? Ótimo. Vamos ao ponto: Vosmecê lembra-se de um estancieiro gaúcho chamado Francisco da Silva, a quem Sua Majestade teria prometido o título de Barão da Serra Grande? – Pegou o papel, mostrou-o. O Cronista, que se considerava um historiador antes de mais nada, lançou um olhar ao documento. Eram apenas três linhas, em letra de quem começa a aprender as palavras. O Mordomo retomou a petição: – Ele escreveu esse requerimento a Sua Majestade, pedindo o cumprimento da promessa. Não se lembra? – O Mordomo irritou-se. – Como não? Mas Vosmecê não o conheceu quando foi ao Rio Grande do Sul? Vosmecê não se hospedou na estância dele, junto com a comitiva de Sua Majestade?

– Talvez. Mas isso faz muito tempo. Foram muitos os pousos, e as estâncias são todas iguais. E não vejo razão nenhuma para prestar atenção a uma coisa dessas. Além disso, já não tenho a memória de antes.

O Mordomo suspirou. Se o Cronista da Casa Imperial, que deveria escrever e registrar tudo o que sucedia com o Imperador, se o Cronista não se lembrava, o caso ficaria insolúvel. O amanuense veio entregar-lhe um envelope:

– O portador espera resposta.

O Mordomo quebrou o lacre do brasão episcopal e abriu o envelope. O Bispo Metropolitano fazia ver a Sua Majestade que não deveria desamparar a solicitação de Francisco da Silva. Era um dos católicos mais devotos, e doara uma quantia importante para a conclusão do prédio da Cúria de Porto Alegre. O Mordomo caiu em si: esse maldito Francisco da Silva escrevera para todo mundo na Corte e as cartas haviam chegado ao Rio de Janeiro pelo mesmo barco postal. Mas por que só agora, passados vinte e um anos, se lembrava de reclamar o título?

– Diga ao portador... – falava ao amanuense – quem é o portador?

– Um cônego.

– Pois diga a esse cônego que o documento terá sua tramitação normal e que Sua Majestade pretende examiná-lo no menor prazo possível.

Quando o funcionário saiu, o Mordomo voltou-se para o Historiador. Esse homem, com sua acusadora magreza, com sua pele de aparência vegetal, com seus cabelos brancos e secos sempre precisando de pente, tinha o olhar abstrato, posto no chão. Pela maneira como unia as sobrancelhas, deveria estar pensando: "Aqui precisa um novo tapete". Mas não. Estava atento a seu mal. Um zunir que lhe atormentava os ouvidos, um chiado de mil cigarras. Um concerto obtuso de grilos alucinados que ocupava seus dias. O Mordomo lhe falava:

– Precisamos esclarecer esse caso, antes que os republicanos tomem conhecimento.

– Por que não se pergunta ao Bispo?

Houve uma impaciente ironia na resposta:

— Um imperador não pergunta nada a bispos. — De fato, o Mordomo detestava aquele homem. Agora descobria por quê: ele sempre dava a impressão de estar longe de onde estava. E ainda era capaz de lhe dizer isso:

— Pois ignore o requerimento, que é tão grosseiro.

Então o Historiador, em meio ao atordoamento de sua nuvem de insetos, precisou escutar uma furiosa resposta: o Império também era constituído por pessoas simples, e todos são súditos de Sua Majestade, e mesmo escrevendo daquele jeito, mereciam a paternal atenção do Monarca. O Mordomo levantou-se:

— Procure avivar a sua memória. Isso exijo não apenas eu, mas a própria Coroa e, ainda, toda a Nação.

— Vou consultar meus cadernos de notas.

— Faça-o logo. Eu, se estivesse naquela comitiva, eu saberia.

— Se fosse assunto digno da História. — Erguendo-se, pôs o chapéu, pegou a bengala de cana flexível. — Preciso de um certo prazo. Informo qualquer novidade. Adeus.

2

Um quarto de hora depois, no sacolejo vagaroso do bonde puxado a cavalos, ele avistou a Farmácia Boa Saúde. Precisava aviar a receita que lhe mandara o Dr. Faustino Gomes. O médico escrevera: "Se não lhe cura do zumbido, melhora a circulação do sangue". Mas de que adianta melhorar a circulação do sangue, se o zumbido não se cura? E o que era um simples zunir perante a febre que vagava pelas ruas?

Ao entrar em casa, deixou-se tomar pelo conforto da suave obscuridade em que vivia depois da morte da esposa. Gostava daquilo: a residência, longa, tinha um corredor de quinze metros, por onde corria o linóleo ostentando uma imitação de arabescos. Ao fundo estava a cozinha e, ao meio, a sala de jantar revestida de azulejos portugueses que representavam naturezas-mortas.

Já no vestíbulo, a governanta veio apanhar-lhe o chapéu e a bengala.

– Como foi no Paço, senhor doutor?

– Só amolações, Cecília. – Encabulou-se: afinal, era pouco digno que, em apenas um mês de casa, ele já pronunciasse o nome da governanta.

Ultrapassou o reposteiro que ligava ao gabinete ao lado, abriu as janelas, cerrou a cortina translúcida. Tudo, a larga mesa de trabalho e sua toalha adamascada, as verticais estantes com livros de História e certos romances de Walter Scott e Sterne, o aparador com tampo de mármore que ele transformara em depósito de mapas, e uma graciosa estatueta de Clio em gesso, tudo assumia uma cor dourada e frágil. Clio fora presente da esposa. Ela dissera: a um Historiador, a musa da História.

"Quero que em minha casa seja sempre outono, assim como é outono no meu espírito." Ele tinha esse hábito, ou antes, vício: organizava seus pensamentos em frases acabadas, perfeitas e corretas, como impressas nas páginas de um livro.

Os objetos permaneciam tais como os deixara ontem à noite, quando estivera anotando, à margem das páginas, os erros da *História do Brasil,* de Robert Southey. Historiadores passam metade de seu tempo a corrigir os colegas. O único sinal alegre era uma dália amarela em seu vaso estreito e alto, pousado sobre um tabuleiro de majólica azulada a um canto da mesa. Cecília trouxera aquela inovação, e substituía a flor a cada dois dias, colhendo-a no pequeno jardim. Ele se aproximou, buscou o tímido perfume. Sentiu um leve aperto na alma. Sentou-se à mesa e abriu uma caixinha de cartolina, tirando de lá um merengue. Admirou-o entre os dedos, aprovou como sempre aquela forma de nuvem, aquela leveza açucarada, mordiscou-a. Logo a boca inundava-se do sabor de baunilha, que ativou as glândulas da base da língua. O merengue era um minúsculo castelo de areia que se desmanchava em sua boca. Reteve o sabor até que este, misturando-se à saliva, diluindo-se, tornou-se neutro. Engolir, depois, era apenas um ato animal. "Cada pessoa tem seu método para comer. O meu é paciente e lento." Aplicando-se ao dever, abriu a gaveta e pegou, dentre os vinte e seis que ali estavam, um caderno de notas *in-octavo*, de páginas quadriculadas, revestido em percalina cor de sangue vivo – era o caderno nº 17. Guardava-os para quando redigisse a sua monumental e talvez interminável *História do Império por um Contemporâneo dos Fatos*. Pôs os óculos, prendendo as hastes de mola atrás da curva das orelhas. Leu a folha de rosto. Ali estava sua bela letra cursiva, de duas décadas atrás. Embora hoje fosse ainda um homem vigoroso, capaz de cavalgar por horas, notava às vezes um vago tremor na mão direita.

*Visita de Suas Majestades Imperiais o Sr. D. Pedro II
e sua Augusta Esposa, A Sr.ª D. Teresa Cristina
à Província de São Pedro
do Rio Grande do Sul.*

A mera evocação dessa viagem provocava-lhe uma nostalgia sem remédio. Ao regressar, ainda no cais, soubera que cinco dias antes a esposa havia morrido. Conduziram-no, trôpego e desesperado, ao cemitério. Durante dois dias não saiu do lado da cova fresca. Ao voltar para casa, no instante em que pisou na soleira da porta, começou a ouvir os zumbidos. Manteve-se recluso por um ano. Julgaram-no louco. Nunca mais se casara nem tivera mulher alguma.

Iniciou a leitura. Ali estava o registro do périplo de dois meses. Ao segurar o caderno ele sentia de novo o frio sulino. Nas casas de estância em que os acolhiam, a friagem, encarcerada entre as grossas paredes, era ainda mais pavorosa. Não havia lareiras. Ele não sentia as pontas dos dedos. À noite, os pés congelavam, mesmo sob várias mantas de lã.

Folheava com grandes pausas. Virava a página e deixava-a um tanto assim, aberta, para que ela respirasse. Com essa mágica algo cômica pretendia dar tempo ao destino para a materialização do homem que procurava. Em duas horas percebeu, inquieto, que chegava ao fim do caderno.

Quando Cecília veio ligar a luz do acetileno e trazer um castiçal, viu que o patrão adormecera. Ao tentar tirar-lhe os óculos, como achou que deveria fazer, ele moveu-se.

– Que horas são?

– Horas de ir para a cama, senhor doutor. Como estão os ouvidos? – ela perguntou. Jamais soubera de alguém com aquela doença.

– Assim, assim. O pior é que não morro disso. – Ele observou o rosto oval de Cecília, agora contrariado pela tolice que dissera, e teve um remoto desejo. Sorriu: não haveria de ser agora que daria razões a falatórios.

– Boa-noite, Cecília. – E a criada saiu, deixando no ar o leve aroma de alecrim que exalava de seu avental. Ele tirou os óculos, guardou-os no estojo, acendeu a vela, apagou a chama do acetileno. Foi pelo corredor. Sua sombra perseguia-o como uma companhia fantasmagórica, mas familiar. Ele nem precisava de luz, conhecia cada palmo por onde andava. "Todas as pessoas deveriam nascer e morrer na mesma casa." Melhor ainda: "Todas as pessoas deveriam ter o direito de nascer, viver e morrer na mesma casa".

Eis um juízo tão extravagante quanto inútil. À porta do quarto, o mesmo em que nascera, olhou para a cama conventual que passara a usar depois de viúvo. Considerou-se um ser desgraçado e só. Despiu-se, pôs a camisola, deitou-se. Antes de soprar a vela, deu corda no seu Omega de ouro. Puxou o lençol sobre o rosto, tal como se faz a um cadáver. Mais por um hábito que vinha da infância, recitou uma oração.

Assim, protegido pela caverna de tecidos mornos, acolheu a noite como o desejado alívio para suas cigarras incessantemente a voejarem-lhe pelos labirintos auriculares.

Dormindo, seus ouvidos se amorteciam, e ele podia, ainda que em sonhos, escutar a bênção do silêncio.

3

No outro dia, ainda na cama, ficou por um momento com os olhos cerrados: impunha-se aceitar, como sempre, seus músculos e seu destino. Mas a cada manhã ele não era o mesmo de ontem. Qualquer coisa implacável acontecia durante a noite.

    Ainda não amanhecera. Todos os despertares de sua vida foram escuros, fato de que não se orgulhava. Levantou-se, lavou-se. Foi ao gabinete, acendeu o lampião e pegou o porta-retratos com a fotografia da esposa. Avivava com o calor da lembrança aqueles traços que a cada ano eram menos nítidos. Cumpriu os movimentos da cerimônia: tocou a lâmina gelada, e a instantânea frialdade era sua forma de aceitar que a esposa estava morta. Mas aquela breve cobiça de ontem, ao olhar o rosto de Cecília, era como uma traição.

    Homem ilustre pelas qualidades de intelectual, *studiosus philologiae* – como o chamava com alguma ironia o temível Padre Alexandrino das Neves –, conhecedor de Lógica e História, lia em grego, latim e francês, e era o membro mais moço do Instituto Histórico e Geográfico. Gostava de citar autores antigos, ainda que fosse para si mesmo. Isso o confortava muito. Após o ano do luto fechado, tomara assinatura para as indigentes temporadas de óperas e concertos no Teatro São Caetano. Dado o amadorismo geral brasileiro, todos agora o respeitavam como um especialista.

— Apenas preciso da música — ele dizia. Via, também, algumas comédias dramáticas de Martins Pena, e escondia com a mão o leve sorriso. Desde a morte da esposa usava uma tira de seda negra na lapela.

Suas únicas saídas do Rio de Janeiro eram para sua quinta suburbana de São Cristóvão. Ia a cavalo, com seu chapéu de palha, e voltava mais corado de sol. Era um dos últimos moradores do centro da cidade a manter cocheira. Diziam que em São Cristóvão ele criava porcos, vacas e algumas galinhas, mas tudo isso era apenas moldura para seu rico viveiro de orquídeas. A razão daquelas escapadas, contudo, era a necessidade de fazer algum movimento físico, conforme lhe recomendara o Dr. Faustino Gomes, versado nas novas teorias francesas sobre a higiene. As pessoas, por não terem algo melhor a fazer, insinuavam que conhecia a governanta há muitíssimos anos e que mantinha com ela uma escondida história de amor. Sabiam da insólita flor no vaso, e isso era suficiente para incendiar as imaginações.

Sempre havia alguém para trazer alguma notícia, e esta acontecera ontem: já não ignoravam que fora chamado ao Paço. Como é picante ampliar um pouco as histórias, diziam que se encontrara com o Imperador, o que não era verdade — ainda. Quando ele saiu às três horas para seu passeio diário, e depois, quando voltou com a trivial caixinha de merengues da Confeitaria Pingo de Mel, concluíram que tudo estava de acordo com o costume.

Ele ficou intrigado com as caras dos vizinhos. Um deles saudou-o com um tirar de chapéu que tinha o seu lado divertido. Por mais que tentasse recordar-se do nome do vizinho, não conseguia. Amaldiçoou sua memória, que nos últimos tempos lhe restituía os fatos por miseráveis fragmentos. Triste era estar com o organismo até agora cheio de força, e a mente deteriorando-se como uma fruta longe da árvore.

Empurrou o portão que dava acesso ao pequeno pátio frontal, a que ele chamava, pela manhã, de "minha horta" e, à tarde, de "meu jardinzinho". Cultivava também algumas bananeiras, cujas folhas de coriáceas atingiam a janela de seu quarto. Hoje a plantação de cebolinhas estava pisoteada pelos cães, e aquilo era uma grave interferência na serenidade a que se afeiçoara. Tenso como se tivesse levado uma bofetada, clamou por Cecília. Num tom exagerado e muito literário, disse-lhe que não poderia ter permitido que os cães vadios, aqueles porteiros do Hades, destruíssem o jardim. Empunhava com força a bengala. Cecília não se impressionou.

— Vou replantar tudo. Não é a primeira vez.

— Mas que seja a última. — E deu-lhe as costas. Incomodava-se com facilidade e tinha fama de opiniático. O que não sabiam é que logo se arrependia. Já no gabinete, procurava uma forma honrosa para desculpar-se. Ao ouvir-lhe os passos, chamou-a. Ela apareceu à porta.

— O senhor doutor está a chamar-me? — Falava ao modo português, com saborosas ênclises.

— Aquilo que eu disse no jardinzinho.

— É para que eu não me incomode.

— Como sabe?

— É como da outra vez — ela já caminhava em direção à cozinha. Escutara um miado triste e faminto. Melhor se eu pusesse os cães a cuidar dos bichanos, ela pensou, entretendo-se com essa descoberta. Na cozinha, viu que um gato cinzento da vizinhança saltava para cima da mesa, onde estavam os dois bifes de fígado para o jantar. Ela disse alto:

— Passa fora, senão eu chamo — e seu rosto clareou-se de um sorriso espirituoso — ...os porteiros do Hades.

Ele voltara para seu caderno nº 17. Revisava-o página por página. Deslindar o caso era mais do que obedecer a uma ordem. Em sua mente exacerbada, colocava naquilo sua dignidade de Cronista da Casa Imperial e a respeitabilidade do próprio Monarca. Ficou nisso o resto da tarde. Em dado momento, quando já sentia o cheiro dos bifes, surpreendeu-se com uma idéia: poderia inventar um registro e confirmar a promessa de nobilitação. De resto, qual a diferença de um barão a mais nesse Império tão pródigo de barões? Fechou o caderno, enfiando-o na gaveta. Historiadores não são dados a mentiras.

4

Sentado à mesa do jantar, ele olhava de modo indefinido para o braço roliço de Cecília. Ela lhe servia o habitual cálice do Bairrada. Via, já atento, aquela graciosa mãozinha que repunha a rolha ornamental no gargalo. Na rolha incrustava-se a cabeça de um turco cinzelada em prata. Seguiu a ação da governanta que, com um guardanapo, secava algumas gotas que desciam em direção ao rótulo da garrafa. Os fios do tecido embebiam-se de rubro. Ela lhe sorriu com seus dentinhos. Quando sorria era para chamar-lhe a atenção para alguma coisa:

– Melhor o senhor doutor beber vinho branco.

Ele não contraditava aquelas pequenas reclamações, em retribuição ao frescor que a governanta trouxera para a casa. Era o drama de *La serva padrona*. Fazer-se de Uberto transformara-se num passatempo delicioso. Pena ele estar assim tão cheio de preocupações.

Ficou acordado até uma da madrugada. Passou a ler o caderno do fim para o começo. Era seu processo, nas buscas difíceis. Reviveu saraus tediosos, coronéis bêbados, belas damas, negociantes estúpidos, estancieiros avaros ou pródigos, padres que andavam de mula. Reviveu o pampa, o gado solto à sua própria conta, os ágeis cavaleiros a quem os poetas, esses imaginosos, chamavam de "centauros dos pampas". Era aterrador.

Sua investida na leitura regressiva levou-o ao ponto inicial da viagem. Está embarcado no *Maranhão*, que logo irá içar ferros no rumo do Sul. Acompanha Suas Majestades em sua sempre adiada e incômoda visita à província mais meridional do Império. Escreve instalado em seu camarote, o número 26, numa simples mesa de pinho, e a primeira nota é de saudade da esposa que, por proibição dele, não foi ao cais para as despedidas. Ele detestava esses momentos lacrimosos, que sempre o deixavam perplexo.

Era uma imponente mulher, em especial naquele último retrato, em que ela estava de pé. Ela assim o quisera, de corpo inteiro, para evidenciar o vestido de musselina branca e seu forro, também branco, de tafetá chamalotado. "Pareço uma estátua", ela dissera. Ele concordara, falando aquilo que devemos falar nesses casos, "o retrato não lhe fez justiça". Mas o fotógrafo, sim, captara a tirania do olhar e a rigidez da pose soberana. Poderia conceber tudo, menos que ela viesse a morrer antes dele. Sem filhos, nem ficara alguém para repetir-lhe os traços e evocar uma lembrança. Mais tarde, ao trazer as cobertas sobre si, decidia-se a não mais entregar-se a esses pensamentos.

Tinha horror à ausência de sons. Pessoas com seu mal, *Tinnitus Aurium*, como identificou o primeiro médico, buscam qualquer vestígio de rumor que as ocupem. A atenção concentrada faz esquecer o chiado. Ele passou a escutar os passos de Cecília pela casa. Iam e vinham, na inspeção noturna às portas e janelas.

Agora Cecília pegava o vaso e o levava para a cozinha. Amanhã iria lavá-lo e trocar a flor. Passara-se apenas um mês, e ele já se habituava a isso como se fosse uma prática de muitos anos.

Chamando aos ouvidos a distante e confortadora frase musical de um piano, ele penetrou em seu silencioso paraíso de trevas.

5

Cecília achara-o doente. Temeu que estivesse com a febre.

Ela nascera em Évora, filha de um açougueiro cujo estabelecimento ficava a dois passos da fúnebre Capela dos Ossos. Ele padecia muitas brincadeiras por causa disso. Sua mãe emprestava a juros e reunira um bom capital. Cecília, à conta desses dinheiros escusos, teve uma professora que ia em casa. Tomou aulas de gramática, de latim, das quatro operações e de História. Aprendeu a bordar monogramas em lenços e a falar de modo correto; sabia de cor a lista dos reis de Portugal. De sua casa enxergava o templo romano, e por isso considerava-se sabedora de assuntos mitológicos. Naquela época, citava pela rama os nomes dos deuses e certas lendas, encantando os viajantes. Eles paravam-se a escutá-la e diziam: "É sábia, essa menina". Como possuísse traços bem proporcionados, alguns até a consideravam bonita. Cedo ficou órfã, primeiro de pai e depois de mãe. Explicavam-lhe, a cada morte, que nada lhe restara da herança porque tudo fora consumido no pagamento de dívidas. Dessa hecatombe sobrou-lhe apenas um tio, que emigrou para o Brasil por necessidade e que a trouxe junto com a família. Vieram na segunda classe, no mesmo navio que reconduzia para cá D. Pedro II depois de uma visita à Europa. Ela enxergara o Imperador tomando sol no convés mais alto. Abanou-lhe. Foi retribuída. Desde então o Monarca passara a ser apenas um homem como os outros.

– D. Pedro é um homem como os outros – ela um dia disse ao Historiador, provocando-lhe uma reação de espantada incredulidade. Ele nunca pensara nisso. O fascínio imperial estava muito acima dessas contingências humanas.

A primeira coisa do Brasil a chamar a atenção de Cecília foi a selva. Em Portugal a natureza fora domada havia séculos. Aqui, a selva, plena de vapores, crescia por tudo, recobrindo as montanhas do Rio de Janeiro e entranhando-se no caráter das pessoas. A selva possuía algo de misterioso, como um coração.

Não lhe foi difícil achar emprego. Por conta de seu cultivo nas letras, trabalhou na casa do Barão de Itamarati e depois como escriturária na firma de importação Gomes Costa, na rua das Marrecas. O proprietário dizia aos outros:

– Olhem só. Sou aquele que tem a única escriturária mulher no Rio de Janeiro. – E pagava-lhe mal.

Como podia escolher serviços, Cecília deixou aquilo pelo posto na casa do Historiador, um homem que lhe parecera distraído, e os distraídos são generosos. Logo revelou-se impecável, mantendo a residência tão asseada quanto uma casa de bonecas. O serviço mais pesado era feito por uma diarista, da qual ela vigiava os passos. Ser governanta, para ela, significava ter a mesma dignidade de uma escriturária.

Se não lhe era permitido mexer nos livralhões, nos incunábulos e mapas, o resto ficava a seu dispor. Sentia-se o cheiro da cera de abelhas logo ao entrar, e as lamparinas sempre tinham óleo. Ouviam-na cantar durante suas celebrações culinárias. Era muito diferente da anterior governanta, uma velhota bêbada, que transformara a casa num pesadelo.

Falava-se, por conta daquela maledicência do prévio conhecimento entre ambos, que Cecília guardava o secreto desejo de casar-se com o Historiador. Mas ninguém tinha certeza de nada.

O fato é que naquela noite, em seu quarto, ela dizia rezas a um Santo Antônio sem braços. Pedia-lhe saúde àquele homem a quem, de modo tão repentino quanto inexplicável, passara a dedicar um amor carnal que a deixava aturdida de cobiça. Foi no momento em que ele dissera "gostei da dália, Cecília", que algo inesperado agitara-se em seu estômago. A partir daí, precisava controlar-se quando estava com ele.

6

O que é uma lembrança, senão a lembrança de uma história? Ele precisava evocar uma história em que se visse chegando à casa de Francisco da Silva, sendo apresentado à família, ouvindo-lhe o nome, conversando e, talvez, tomando o café-da-manhã, depois partindo de lá. Mas virava e revirava sua memória, e não se via nessa narração.

O outro dia amanheceu chuvoso. Nos devaneios da hora da sesta, fixando-se nos estalos da chuva nas folhas das bananeiras, ele sentiu que um vulto se aproximava. Era uma mulher. Ela chegou perto, tomou-lhe as mãos. No quarto pairava um aroma de alecrim.

"O senhor doutor deve ler de novo o seu caderno, bem no fim dele."

Afastando aquele espectro, ele levantou-se, abriu as janelas. Arfava. As artérias batiam-lhe com força. Aspirou o cheiro úmido do jardim, e aos poucos a respiração tornava-se regular. Foi ao gabinete e pegou o caderno nº 17. Abriu-o na última página e ali viu sua letra. Um traço quase invisível, apressado e a lápis, bem ao pé da página, que lhe passara despercebido:

Francisco da Silva. Campos do Rio Grande.

Enfim, ali estava o homem, ali estava um lugar. Fez

um ah-ah de contentamento. Serviu-se de um copinho de licor de jabuticaba. Parou, o copinho em suspenso. Que delírio fora aquele? Se um homem como ele não acredita em aparições, então ficava esclarecido: fora um sonho, e uma coincidência. Pior: uma alucinação. Quis logo esquecer o fato.

Pouco depois, o copinho intocado sobre o aparador, ele punha as mãos nos bolsos. "Silva" era o nome de inúmeras famílias, e "Francisco" pertencia a milhares de pessoas. O vago "campos do Rio Grande" poderia ser qualquer coisa abaixo do paralelo 30 austral. Não se lembrava de nada. Era uma ironia em seu caso, mas uma grande verdade no geral, que Clio fosse filha de Mnemosyne, a deusa da memória.

– Cecília – chamou. Precisava materializar à sua frente aquele delírio. – Gostaria de comer alguma fruta. Ainda há figos em casa?

– Sim. São os últimos deste ano. – Ela logo os trazia, apresentando-lhe uma travessa cheia de figos dourados, sumarentos, com uma carnação inflamada de doçura. Escorriam pequenas gotas coloridas de mel, que se acumulavam ao fundo do prato de faiança. Ao colocar a bandeja sobre a mesa de trabalho, seu braço nu roçou na mão do Historiador. Ele recolheu a mão.

– Lindos frutos – disse. Pela primeira vez, em muitos anos, sua pele era tão dolorosamente exaltada.

7

Durante uma semana ele esteve periclitando entre a delinqüência e a virtude. Brincava com o pensamento de informar ao Mordomo-mor que descobrira o estancieiro e que podiam dar o baronato ao homem. Ele repelia a idéia, mas sempre algo ficava.

Cada movimento do portão poderia ser a chegada de uma mensagem do Paço. Ele mirava a minúscula anotação a lápis, como se esse olhar tivesse o dom de trazer à mente aquele homem com toda a inteireza de sua vida, o lugar da estância, os filhos, a família, seu gado.

Então lembrou-se que o requerimento ao Imperador falava em "Barão da Serra Grande". Os títulos daquela natureza provinham do nome de algum acidente geográfico visível nas terras do agraciado. Foi consultar um confrade do Instituto Histórico e Geográfico, colecionador de mapas. O confrade desenrolou uma enorme carta da Província de São Pedro do Rio Grande do Sul, que largou um cheiro de mofo. Aproximou o rosto com uma lente, olhou, olhou. Ergueu-se, voltou a debruçar-se, ergueu-se de novo, massageou os músculos na altura dos rins.

– "Serra Grande" existe uma na Província, aqui, veja – disse. – Fica entre Pelotas e Bagé. Isso se o meu mapa estiver correto.

Ajudado pelo confrade, ele passou a tarde inteira copiando num papel almaço a parte que o interessava. Aqui estava Pelotas, ali, Bagé; quase a meio caminho entre uma e outra, a Serra Grande. Escreveu como dístico, bem no topo da folha: *Mapa do Confrade*. O confrade agradeceu a homenagem e alertou para possíveis deficiências de localização: os geógrafos, como ele sabia, inventam o que não sabem, tal como os historiadores. Aliás, dada a mentira geral, nunca vira um Historiador concordar com outro.

– Nem de brincadeira diga isso. – Mas riram ambos e beberam um café bem forte.

8

Enfim apareceu o temido emissário. O Senhor Mordomo-mor convidava o Historiador para ir vê-lo sem falta no dia seguinte, pelas onze horas. Foi uma noite interminável, essa, em que ele sentiu como nunca a falta de alguém para confiar-se. Escutou os movimentos de Cecília na cozinha. Imaginou-a vindo pelo corredor, cruzando por sua porta. Ali caminhava o viço sem o pesadume das dúvidas.

Pouco depois, escutava vozes no portão. Ficou atento. Cecília falava com um homem, e havia risinhos abafados. Nunca lhe proibira amizades, mas ela não podia fazer isso. Sentiu-se dominado por uma violência inesperada. Pensava em levantar-se para desfazer "aquele ajuntamento" quando reconheceu, com desafogo, a voz do padeiro, um bom homem que o servia há anos e que combinara vir nessa noite para receber o pagamento do mês. Falavam sobre uma ninhada de gatinhos que nascera nessa tarde justo na cocheira da casa.

Adormeceu, e tal como acontecia em intervalos regulares, mais uma vez teve molhados o ventre e o camisolão, naqueles agitados alívios que tanto o humilhavam.

Às onze em ponto ele apeava no Largo do Paço. A grande praça, coberta por mangueiras e amendoeiras, era um tumulto de pessoas. Tudo muito pictórico. Aspirou a maresia, boa para os pulmões. No cais em frente estava o colorido das bandeiras de todo o mundo. Os vendedores de água enchiam suas pipas no chafariz de Mestre Valentim. A construção, piramidal e negra, herança da Colônia, ainda provia as necessidades da Capital do Império, um atestado a mais da aguda visão da Casa de Bragança. O Historiador abençoava a si mesmo por servir a essa dinastia tão original e antiga, cujas raízes perdiam-se entre aqueles vagos reis de armadura e lanças. Na mureta do Chafariz sentavam-se alguns estrangeiros loiros que se abanavam com seus chapéus, e uma infinidade de ex-escravos cuja recente libertação os deixava meio atarantados. Não fosse ele o Cronista da Casa Imperial, bem que gostaria de sentar-se ali, descansar um pouco de sua dignidade, misturar-se àquele povo. Mas hoje ele desviou o pensamento e os olhos, fixando-se em dois empregados que apagavam com escovões de piaçava um *Viva a República* escrito de modo grosseiro na parede do Palácio. Até onde iriam aqueles socialistas? O tristonho edifício, com o passar do tempo e o envelhecimento do Regime, crivava-se de pequenos comércios que se abriam para as ruas laterais e mesmo para o Largo. A renda era destinada à Casa Imperial. Os embaixadores europeus sorriam ao escrever isso nos relatórios aos seus soberanos.

    Subiu as escadas pensando em suas possibilidades. O caso era grave porque ele sabia da existência de um Francisco da Silva. E o caráter provisório da nota a lápis era uma condenação: o Cronista da Casa Imperial não poderia agir daquele modo, como se anotasse cinco libras de banha ou uma arroba de azeite. Bruscamente, tudo ficou estranho. Ele não sabia mais quem era. Olhava para os lados, para as paredes caiadas de ocre, para o pátio interno. As paredes inclinavam-se por cima dele, e a escada perdia a sustentação de suas colunas. Escutava vozes, mas estas não lhe diziam nada. Viu descer um homem fardado de modo burlesco, que lhe fez uma continência. Pousava um antiquado penacho vermelho naquele capacete de cobre. O Historiador apoiou-se no corrimão de pedra, e os degraus a serem vencidos eram uma montanha. O homem fardado percebeu, voltou, queria saber, estava passando mal?

– Estou bem.

Tão breve como uma bruma quando amanhece, a sensação começou a dissipar-se. Ele já se reconhecia como o membro do Instituto Histórico e Geográfico, o Cronista da Casa Imperial. Estava ali para dar conta de um penoso dever. O homem do penacho era um dos sargentos do Regimento de Guardas, que insistia em ajudá-lo. Agradeceu-lhe de modo cabal, e o sargento, recuando, fez outra continência ao despedir-se. Esse gesto de afetuoso respeito foi a reconciliação do Historiador consigo mesmo. Passou o lenço pela testa, já inquieto por ter vivido essa experiência.

– E então? – perguntou-lhe o Mordomo-mor, ao vê-lo entrar.

– Achei o homem nas minhas notas – ele respondeu, procurando uma cadeira.

O Mordomo-mor por um momento esqueceu-se de sua indisposição contra aquele funcionário, até lhe concedia algo de amável, de generosa eficiência. Ótimo. Então ele confirmava a promessa imperial?

— Não.
— Mas o senhor ao menos descobriu onde ele vive?
— É no Sul.

Pelo rosto do Mordomo, o Historiador imaginou-se já afastado de seu cargo e entregue ao limbo daqueles que vegetam à sombra do Poder. Que assim fosse. Dali por diante poderia dedicar-se à saudade e aos estudos. O rosto que tinha à frente, porém, era duro.

— Só há uma forma de resolver — e o Mordomo-mor fez uma pausa dramática. — Deve Vosmecê em pessoa partir para o Rio Grande do Sul e esclarecer esse caso.

— Isso é um disparate.

A indignação e os zumbidos impediram que ele escutasse o discreto som musical de uma campainha percutindo na Sala dos Despachos. O Mordomo-mor acorreu a atender.

Ele olhava em volta. Seu mal-estar ainda permanecia, embora de outra qualidade: aquelas paredes ganhavam a precária vida dos cenários operísticos do São Caetano: se ele as tocasse, oscilariam e poderiam tombar. Por instinto, cruzou os braços.

Pouco depois era o Imperador quem surgia à porta, com o Mordomo-mor ao lado. D. Pedro era um homem alto, velho para a idade, com a pele muito branca. Herdara a brancura da mãe Habsburg. Viam-se as veias azuis que circundavam seu nariz. O Mordomo-mor segurava a cartola do Monarca, que calçava as luvas de *suède gris perle*.

— Majestade — exclamou o Historiador, erguendo-se. Adiantou-se para beijar-lhe a mão. A respeitável presença do Monarca sempre o intimidava.

— Deixe disso. — D. Pedro abolira esse gesto servil, mas não gostava quando se esqueciam de tentá-lo. — Eu soube que Vosmecê vai fazer-nos o favor de ir ao Sul. Belo gesto. Sei que posso confiar em seus préstimos nesse assunto... como é o nome da pessoa?

— Francisco da Silva.

— Se todos os funcionários fossem como Vosmecê — e o Monarca já estava a caminho do corredor —, nosso Império seria igual aos da Europa. Até essa febre se resolveria. Boa viagem. Na volta, mande entregar-me um relatório. E não coma muito churrasco. O excesso de carne prejudica as vias urinárias.

Lá fora, na manhã que brilhava nas pedras do calçamento, ouvia-se um homem discutindo a respeito de um par de tamancos. Depois de conduzir o Imperador até a carruagem, o Mordomo-mor voltou para sua sala, subindo os degraus de dois em dois. O Historiador viu-o chegar à porta. Olharam-se. Algo acontecera, maior do que eles, e que resolvia o caso. O Mordomo-mor até sentiu um começo de pena do Cronista da Casa Imperial.

9

Procurou chegar logo em casa. Ao vê-la, imóvel e acolhedora, com um gato saltando graciosamente por sobre o portão, ele suspirou. Pôs o pé na soleira e girou a chave. A porta foi aberta por dentro.

– Senhor doutor. Está branco como papel – disse Cecília.

Há momentos insignificantes para os outros mas que podem alterar por completo uma vida. Aquela voz, tão serena e interessada, foi uma luz de consolo.

– Tive um mal-estar, no Paço. – Ele entregou-lhe o chapéu, e acompanhou aquelas mãos que o seguravam como algo sagrado. As pontas dos dedos roçavam a fita de gorgorão castanho junto à aba.

– Vou cuidar do senhor doutor. Dê-me também a bengala.

Naquele instante, mais do que um sentimento, mais do que todas as certezas anteriores, mais do que suas convicções sensatas e mais do que apenas uma premonição, o Historiador soube que sua vida estaria para sempre unida àquela mulher. A voz tremeu, enternecida:

– Tenho de viajar. – E contou-lhe a audiência.

Foi para o gabinete, sentou-se no cadeirão junto à mesa. Pouco depois Cecília chegava com o chá de erva cidreira. Ficou esperando. Ele repetiu:

— Devo viajar.
— É o que se sabe.
Ele pegou uma pena, molhou-a no tinteiro de bronze.
— Vou escrever minhas ordens para quando estiver ausente. — Passou a anotar: pagar a décima municipal, comprar os bulbos de açucena, arejar todos os cômodos, pagar os empregados da quinta de São Cristóvão. Mas logo desenhava rabiscos: uma casa com telhado sem perspectiva, um lago, uma árvore, nuvens, pássaros. Aquilo que todos desenham quando estão sonhando.
— O senhor doutor está a gastar papel.
Houve um silêncio, que as cigarras logo preencheram. Hoje o zumbido era mais forte.
— Será que um dia eu melhoro dos ouvidos?
— Quem sabe? — ela ergueu os ombros. Ao fazer isso, ele notou-lhe as espáduas firmes, como talhadas em pedra-sabão.
Ela dissera aquilo de modo casual, mas fora apenas para mostrar que a doença não era assim tão grave. Não queria que ele sofresse.

10

Ela arrumava-lhe a mala, que jazia aberta sobre a cama. Os objetos espalhavam-se em volta.
– Ponho isto, senhor doutor? – era um par de botas.
– Sim. Vou precisar muito, no Sul.
– E isto, ponho? – ela mostrava o retrato da finada. Ele olhou para o retrato, apertou os lábios:
– Não.
– Isto? – era um par de sapatos de verniz. – O senhor doutor pode precisar deles, ir a uma festa. – Os dedinhos rosados de Cecília seguravam os sapatos como um convite à luxúria. Já os dedos da esposa eram brancos, religiosos, quase transparentes.
– Não me dou a esses desfrutes.
– Mesmo assim vou colocar na mala. – E embrulhou o par numa folha do *Jornal do Commercio*, depositando-o no fundo.
– Um momento. – Ele levantou o indicador. – Feche os olhos. Está escutando?
– O quê?
Ele sussurrou:
– Ouça.
Cecília atentou.
– Não ouço nada.

— É uma flauta. — Ele a descobrira ressoando, entremeada à cacofonia de seus ruídos. — Há músicas que só eu escuto. Eu preciso delas para esquecer dos meus ouvidos. Desde a morte de minha esposa não sei o que é o silêncio.

Cecília abriu os olhos, lustrosos de lágrimas. Aproximou-se e, com as palmas das mãos, cobriu os ouvidos do Historiador. Ela murmurou, junto à sua boca:

— Pobre homem.

Ele soltou-se. Aquele toque intencional de Cecília o desconcertara. Sua respiração alterava-se só ao pensar que estivera na iminência de abraçá-la e dar-lhe um beijo.

— Prossiga com as malas.

Observava-lhe os movimentos. Com uma precisão de almoxarife, ela voltava a preencher a mala. Curvava-se, e aparecia uma nesga de perna entre a barra da saia e o cano das meias. Ele suspendeu um demorado silêncio:

— Escute.

— Sim? — ela voltou-se, atenta.

— Eu não gostaria de viajar só. Posso ter outro mal-estar.

Ela sorriu, ligeira:

— Pois leve alguém... — A grande astúcia de Cecília eram suas reticências.

Nessa noite, ele ficou inquieto por não pensar em outra coisa. Prendeu-se à possibilidade de levá-la ao Sul. Começava a arquitetar planos. No entanto, tudo o que pensava fazer e dizer, para concretizá-los, parecia-lhe ridículo e patético. Adormeceu em meio a um estremeção. Só as pessoas sérias é que pensam as coisas mais loucas.

11

Era depois do almoço. Ele perguntou-lhe se tinha algo para fazer nas próximas horas. Cecília respondeu que deveria engomar a roupa.

– Deixe isso para amanhã. Quero que você me acompanhe ao Passeio Público. – Disse-lhe que precisava pôr a cabeça a arejar.

A aceitação de Cecília foi rápida e alvoroçada. Ele ponderou:

– Mas no bonde você fica no banco atrás do meu.

– Pois. – Ela concordava, cínica e sorridente. Seu rosto oval ficou túrgido de sangue.

No Passeio, ele procurava um lugar à sombra das árvores. Decidiu-se por uma das mesas na esplanada do café-concerto, debaixo de um carvalho negro. Olhou em volta: com receio da febre, aquilo estava um deserto. Numa atitude original, convidou-a para sentar-se à sua frente. Ela entendeu que começava a ganhar algo da vida. Ele ordenou uma garrafa de cerveja Negrita para si e, sem a consultar, pediu para ela um copo de refresco de capilé. Ali, sob a copa do carvalho, cruzava a aragem do mar. Ele permitiu-se desabotoar o colete. Pousou o chapéu no tampo da mesa. Ela perguntava-se como um homem tão inteligente podia ser tão infeliz.

– O senhor doutor está certo. Não pode viajar sozinho. Não porque seja velho, mas porque não entende muito da vida.

Ele surpreendeu-se, fixando-a com um interesse desconcertado. Nos momentos seguintes ficou em silêncio. Passavam muitas coisas por sua cabeça, enquanto os ouvidos eram atravessados pelo chiar estridente dos insetos do seu suplício. Ela sorveu um gole de refresco. Olhavam-se. Ela deixou a mão abandonada ao lado do copo, como esquecida de que lhe pertencia. No dedo mínimo havia um anel de prata com uma água-marinha um pouco suja. Nada mais triste do que uma mulher com uma jóia barata. Ele sentiu o impulso, logo reprimido, de tocar aquela mão. Envergonhava-se de seu abalo, desproporcional ao que o provocara.

Voltou a olhá-la. Cecília tinha uma testa pequena mas graciosa, e os cabelos apanhados para trás. Falaram-se um pouco mais, mas sobre o tempo. Aos poucos começaram a chegar os músicos. Entraram no pavilhão do café-concerto e dispuseram suas estantes no salão maior, cujas janelas se abriam para a esplanada. Uma formação de dois violinos, uma viola e um violoncelo. Afinaram, iniciaram a valsa *Rosas da primavera*. Os dedos longos do violoncelista percorriam com vigor o espelho do instrumento. Uma criança vestida de marinheiro jogava diabolô, fazendo caminhar o carretel azul numa corda, como se o carretel fosse equilibrista. A criança era muito hábil. Jogava para cima, o pião saltava, rodopiava no ar e vinha cair bem ao centro da corda. O Historiador tirou o Omega do bolso do colete.

– São horas. – Foi atraído por algo que caminhava

num ramo do carvalho: – Olhe, um bichinho. – Parou. – Como é mesmo o nome? Não diga, preciso exercitar a minha cabeça.

– Em Portugal, chamam de esquilo.

– Eu pedi para não dizer. – Essa nova falha de memória foi como um desrespeito por si mesmo, um homem outrora capaz de recitar de cor todo o primeiro canto da *Eneida*. Sua atitude, nos últimos anos, era de injusta exasperação contra quem o fizesse revelar seus esquecimentos: – Eu pedi para não dizer – repetiu.

Tomaram o bonde em frente ao Passeio. Não se falaram. Ao chegar em casa, ele foi até seu quarto, olhou para a mala. Durante o trajeto do bonde, decidira-se. Abandonava as hipóteses absurdas. "Como, não entendo muito da vida?" Fechou a mala, tirou-a da cama e colocou-a ao lado. Em uma semana embarcaria no *Alagoas* rumo ao Sul. E sozinho. Amanhã iria à Intendência Imperial com um ofício do Mordomo-mor, para receber os custos da viagem. No gabinete, pegou uma folha de papel almaço dobrada em dois e ali conferiu o roteiro que preparara. Por princípio era o mesmo que constava no caderno nº 17. Iria desembarcar em Rio Grande, depois iria a Porto Alegre para apresentar-se ao Presidente da Província, como era seu dever, e aproveitava para saber se os padres da Matriz poderiam esclarecer a paragem em que vivia o benfeitor Francisco da Silva. Se nada conseguisse, iria reconstituir, consultando o caderno, sua viagem de vinte e um anos atrás. Iria a Pelotas e de lá – agora pela novidade do trem de ferro – viajaria em direção a Bagé. A meio caminho ficava a Serra Grande.

Tinha, numa caderneta de bolso a que chamava de vade-mécum, os nomes e moradas de várias pessoas que poderiam dar alguma informação. Precisaria de muita sagacidade. Devia fazer-se de desentendido. O Monarca jamais se esquece de uma promessa. Tinha de perguntar, mas aparentando desinteresse na resposta. "Conhecem por aqui o Francisco da Silva? É um amigo, eu gostaria de abraçá-lo." Entre os tantos, deveria estar o homem procurado. A este, diria estar escrevendo um livro sobre a viagem dos Imperadores ao Sul, e viera para colher mais dados e refrescar a memória dos acontecimentos. Era uma boa desculpa. Mas não se faz uma viagem sem percalços: teria de atravessar vaus traiçoeiros e gemer embaixo do frio do vento minuano. Teria de comer mal e dormir pior.

– Se não sou velho, não tenho idade para essas coisas – disse para a cabeça de Clio no aparador. A musa da História, com seu livro e sua trombeta, nada lhe dizia.

"Eu também vou para o Sul" – era a voz de Cecília. Virou-se, rápido, e esse movimento provocou-lhe uma leve tontura. Firmou os olhos. No lugar de onde teria vindo a voz, estava apenas a sombra do corredor. Precisava ir para a cama, estava cansado. Pôs numa valise de marroquim cinzento todo o seu material de pesquisa, um tinteiro portátil, o caderno nº 17, uma resma de papel, uma dúzia de lápis, algumas cadernetas em branco, o vade-mécum. Sopesou-o e teve pena de si mesmo no futuro. Mas a asa breve de um sonho, incerta como a ilusão, tocou de leve seus nervos.

12

Cecília deitara-se usando o camisolão de zuarte negro a que chamava "o meu ataúde". Tinha uma dor de cabeça que incendiava a testa e dilatava as fontes. Pusera suas meias de lã por ela mesma tricotadas. Se o dia era vida e proveito, a noite era morte e luto. Entregava-se ao sono com imenso pavor. Por isso dormia tarde, sempre achando o que fazer na cozinha. Hoje, entretanto, como lhe doía todo o corpo, deitara-se cedo. Pensou em Santo Antônio, persignou-se. Depois invocou São Gonçalo de Amarante, o casamenteiro das mulheres velhas. Soprou a luz. Deixou que as pálpebras pesassem sobre os olhos. Preparava-se, os braços junto ao corpo. Pensou em Évora, o que era sua maneira de não pensar em nada, mas o diálogo da tarde, no Passeio Público, vinha a todo o momento. Nunca aquele homem lhe parecera tão perturbado. Ela conseguira ver, naquele olhar, a selva do Brasil, que era também um desejo.

– Cecília – ela pensou ouvir. Soergueu-se. – Cecília. – Ela afastou as cobertas, sentou-se. Seus olhos ardiam.

– Senhor doutor.

– Preciso falar-lhe. Venha até a sala.

Foi o tempo de passar um pente nos cabelos, pôr o vestido sobre a camisola e assim, como uma aparição, ir ao encontro do Historiador. Ele estava de pé, no centro da sala, de chinelas. Era como se estivesse nu.

— O senhor doutor quer uma chávena de chá?

— Não quero chá. — Ele tinha os olhos tumefactos, no fundo de grandes olheiras. — Quero que você me acompanhe ao Sul. Peço-lhe, Cecília.

— É já, senhor doutor — ela disse, numa exclamação que tentava ser alegre para si mesma. — Vou arrumar minhas coisas. Ao voltar-se, o Historiador travou-a pelo braço:

— A verdade, Cecília, é que não posso mais viver sem que você esteja comigo.

Ela o trouxe para si, para junto do seu peito. E fez o que sempre desejara: deslizou os dedos pelos cabelos daquele homem tão fraco pela vida e pelos maus cuidados.

— Eu nunca vou deixar o senhor doutor, nunca. — Saía um hálito forte e febril de sua boca.

13

Quando de manhã enxergou Cecília, soube que ela estava com a febre. Nem era preciso fazer mais nada: para ele as coisas sempre foram adversas. Perguntou-lhe, com medo da resposta, se ela estava bem. Não, não estava. Acordara com uma horrível dor de cabeça e náuseas a todo instante. Pensara em chamá-lo, mas não quisera incomodar. Ele se aproximou, tocou-lhe a testa, ardia. E não comandava mais a cabeça. Ela voltou-lhe os olhos já sem cor e pediu, do fundo de suas forças, que não a esquecesse no Rio de Janeiro.

– Eu também... – dizia – ...vou para o Sul. – Eram as últimas palavras de sua vida, e ele sabia disso.

Meia hora depois, adentravam a Misericórdia. Duas freiras a conduziram por um corredor, em cujas paredes encostavam-se macas com doentes. Sentiu um cheiro intenso de formol. Quando a levaram, ele soube que tudo terminava ali. A evolução era conhecida: hemorragias, paralisação do fígado e rins, coma. Morte. A dor alheia era algo incompreensível e absurdo, e a atitude do Historiador foi sempre de constrangimento, o que muitos interpretavam como descaso ou indignação.

Vieram trazer-lhe uma cadeira, pois logo perceberam que ele era alguém importante. Sentou-se, pôs o chapéu sobre os joelhos. Dobrou o corpo para frente, e a testa tocava a copa do chapéu. Ali ficou, escutando o tilintar de aço dos instrumentos cirúrgicos e a certeza da morte. Nenhum homem de sua idade merecia aquilo. O zumbido em seus ouvidos cresceu a ponto de fazê-lo erguer-se e sair porta afora. Agora era esperar o irremediável.

Na rua tudo era o mesmo, mas diferente, agora tingido pela cor sépia dos retratos, a cor dos defuntos. As pessoas não seguiam suas próprias vontades, mas iam impulsionadas por um destino insensível. O sofrimento era para os jovens. Ele não sabia mais sofrer.

Por temor da desgraça, seus olhos permaneciam secos.

14

Lá fora, no portão, alguém batia palmas. Afastando a cortina, ele viu um homem com o boné da Misericórdia. Trazia um envelope e pressionava os olhos contra o sol, tentando distinguir algum movimento na casa. Ele soltou a cortina. Foi até o gabinete, pegou o volume do *De Senectute*, folheou-o: *Horae quidem cedunt et dies et menses et anni, nec praeteritum tempus unquam revertitur, nec quid sequatur sciri potest.* Cícero, o velho, sabia que o tempo passa voando, que o passado jamais volta, e que o futuro é cruel em sua incerteza.

Escutou novas palmas no portão, agora em tom mais alto. Queriam-no lá, e com pressa.

Difícil era concordar com Cícero quando afirmava que se deve ficar contente com o tempo dado para viver – *...quod cuique temporis ad vivendum datur, eo debet esse contentus.* Até agora os antigos sempre lhe falaram coisas acertadas, pela simples razão de possuírem o caráter incontestável dos clássicos. Hoje, porém, Cícero lhe dizia um despropósito. Gostaria de enxergá-lo neste momento, neste mundo, neste gabinete e com aquelas palmas aterradoras percutindo em seu crânio. Ele, o Historiador, vivia um instante único de sua existência, seu e exclusivo, e nenhuma generalização filosófica viria salvá-lo do horror. Repôs o livro na estante: "Só podemos refletir sobre as torturas da alma quando estamos felizes". Com saudade, olhou para o vaso e a dália. A flor morria, e o caule tombava, marrom e seco. Duas pétalas haviam caído. Recolheu a dália, juntou as pétalas, beijou-as e, numa instantânea raiva, amassou aquilo tudo e, abrindo a janela, jogou fora. Olhou o céu: para trás da casa, nuvens começavam a tomar o horizonte. Fechou o botão superior da casaca e olhou para o reposteiro. Imaginava o que aconteceria ali por detrás. Agora houve uma imprecação do homem lá fora. O portão rangeu. O Historiador entreabriu o reposteiro e olhou para a abertura por debaixo da porta. De início foi a ponta de um envelope, depois a metade e, a seguir, um impulso maior empurrou-o todo. O envelope com o timbre da Misericórdia deslizou pelo chão encerado, detendo-se na borda do tapete. Ele foi até a sala, recolheu-o, abriu-o, tirou o comunicado. Aproximou-o dos olhos sem óculos. No embaciado das letras, não conseguia ler nada. Dobrou-o, guardou-o no bolso. Enquanto ele não lesse aquele papel, ela estaria viva. Mas amanhã teria coragem. E amanhã ele precisaria fazer algo para dar sentido a tudo que até então chamara, apenas por displicência e tédio, de vida.

15

No sábado pela manhã ele empunhava uma pequena mala e a valise de marroquim cinzento. Todos o viram sair e fechar o portãozinho.

No outro lado da rua, ele aguardava que passasse uma carruagem de aluguel para levá-lo ao cais. Já comprara o bilhete para o *Alagoas*. Levava no bolso o dinheiro requisitado à Intendência e, na valise, uma carta de recomendação assinada pelo Mordomo-mor. Desligava-se de seu mundo. Vendera ontem seu cavalo, por não ter quem o cuidasse por tanto tempo.

Não pensaria mais em Cecília. Ela não teria existido em sua vida.

16

Estava no Largo do Paço, percorrendo o cais. Leu numa proa: *Maranhão*. Informaram-lhe que o *Alagoas* estava com uma avaria na caldeira secundária, e tiveram de armar o *Maranhão*, de menor tonelagem, para cumprirem os prazos comerciais. Assim, ele viajaria no mesmo barco de tantos anos atrás. Não era uma coincidência difícil: da Cia. Lloyd apenas dois navios faziam a rota para o Sul. Subiu pela prancha do portaló e deu seu bilhete ao Primeiro Oficial, o qual lhe disse que um taifeiro o levaria ao seu camarote. Dada a troca da embarcação, seria preciso dividir o camarote com outro passageiro. O Historiador contrariou-se. Nas suas circunstâncias a pessoa prefere a solidão. Havia por tudo um forte cheiro a óleo de máquina.

À medida que era levado pelo convés, foi lendo os números nas portas dos camarotes, as quais se abriam para o exterior. O seu, da outra vez, fora o 26. Os respingos do mar salpicavam as portas e ali deixavam manchas desbotadas. Quando o taifeiro depôs a mala em frente ao 21 e disse "o senhor pode entrar", ele estendeu o olhar e pediu para ocupar o 26.

Reencontrava seu aposento da outra viagem, o que era bom. Ao empurrar a porta, viu um homem corpulento, debruçado sobre uma das camas. Parecia ocupar todo o espaço. Abria uma pequena mala, de onde tirava uma garrafinha azul e alguns mapas enrolados. Tudo se tornava minúsculo em suas mãos. O homem voltou-se, e era ruivo, com um cavanhaque ruivo e um boné de fornalheiro. O colarinho apertava sua garganta. Disse, num sotaque áspero, mas que não ocultava sua simpatia:

– Anton Antonóvich Tarabukin. – Aproximando-se, deu-lhe um abraço de urso e estalou-lhe um beijo em cada face. – Apontou-se com o polegar: – Rússia. Não falo brasileiro.

Recuperando-se daquela efusão, o Historiador apresentou-se e, em gestos, perguntou-lhe se podiam trocar de cama. Anton Antonóvich fez que sim e alegremente trasladou a mala, retomando o seu trabalho. Usava um anel de diamante no dedo mínimo da mão esquerda.

O Historiador sentou-se na cama que já fora sua. O navio oscilava com suavidade. A mesinha ainda estava lá, com a cadeira. Tentava acostumar-se de novo àquele ambiente em que teria de viver, e agora acompanhado, por seis jornadas. O *Maranhão* faria escalas para descarga em Santos e Paranaguá. Tudo muito diferente de antes, quando o navio fora requisitado para a comitiva imperial e ele possuía o camarote em caráter exclusivo.

Depois de meia hora, o *Maranhão* deu dois longos apitos, anunciando a manobra de saimento. Ele foi até a amurada e observava o Paço, com o pavilhão imperial erguido. Sua Majestade estava na cidade: o Poder e o Império protegiam a Nação Brasileira.

Decidido a esquecer-se de Cecília, mais pensava nela – não como uma idéia fixa ou sequer constante, mas como um pensamento agitado e brusco, e cada vez mais nítido. Tentava lembrar-se de alguma frase filosófica sobre a morte e só lhe ocorriam trivialidades. Com o tempo teria de encontrar suas próprias palavras e convencer-se, de uma vez por todas, do quanto Cecília se entranhara em sua vida.

17

Em dois dias chegavam em Santos. No convés, ele via os carregadores. Avistou uma jovem que olhava para os lados, procurando alguém. Achou-a parecida com Cecília. Se Cecília não houvesse existido, a jovem teria um aspecto apenas atraente. Voltou ao camarote. O russo dormia de boca aberta, tendo sobre a barriga vários mapas.

Atinou para os ouvidos: hoje, como às vezes acontecia, o zumbido latejava segundo os batimentos do coração. Assim, o ruído persistente e uniforme do mar era bem-vindo. Sentou-se à mesinha, abriu o caderno nº 17. Leu mais uma vez o que escrevera há anos, quando estava naquele mesmo lugar: observações rotineiras sobre o tempo, a disposição de Sua Majestade, notas sobre o itinerário e enumeração nominal da comitiva. Nada fazia prever a tragédia que estava à sua espera no retorno.

O russo acordou, deu um bocejo em que apareceram as obturações a ouro dos dentes e perguntou-lhe algo em seu idioma. O Historiador respondeu-lhe em português. O russo riu e voltou-se para o outro lado. Ao virar-se, os mapas rolaram para o chão, e um deles abriu-se. Representava uma região específica de algum país, e os caracteres cirílicos impediam de saber qual era. O Historiador recolheu-os, arrumando-os aos pés da cama de Anton Antonóvich. Levantaram ferros, a viagem recomeçava.

Ele agora revia no vade-mécum as tarefas para terra firme, as pessoas com quem precisaria falar, lugares que não poderia esquecer. O principal era a Serra Grande, e junto a ela, Francisco da Silva. O *Mapa do Confrade* seria muito útil. Tomou-o da valise cinzenta, abrindo-o sobre a mesinha. Tudo aquilo eram apenas desenhos. Faltava, agora, dar-lhes uma existência.

Ao descerem os paralelos geográficos rumo ao Sul, mais o tempo esfriava. Em frente à foz do Mampituba foi preciso tirar da mala a casaca de lã. Era um frio não completamente meteorológico, mas algo mais amargo, como um desamparo e um afastamento.

Mantinha diálogos absurdos com Anton Antonóvich. Dava um acento interrogativo em frases absurdas, ao que o russo respondia alguma coisa em seu idioma. Era uma espécie de jogo de dominós com palavras.

18

Estavam à vista do porto de Rio Grande. Era uma tarde fria, igual às últimas. Nuvens baixas impediam a visão da cidade. Ali começava o seu martírio. Muito já refletira se deveria ter vindo, mas ao fim de tudo a viagem faria derivar o pensamento. Despediu-se de Anton Antonóvich. Falaram-se coisas e cada qual saiu imaginando o que o outro dissera.

Os passageiros baixaram ao cais. Em poucos passos o Historiador estava na Pensão Ideal. Sem muita esperança, mas iniciando o cumprimento do seu encargo, perguntou por algum Francisco da Silva, estancieiro na região, mas ali ninguém o conhecia. Assinava o livro de hóspedes quando viu o russo, que tentava hospedar-se. Ele interveio, explicando que Anton Antonóvich não falava português. Conseguiram-lhe um aposento.

Subiu para o quarto. Gostava de sentir a solidez e a estabilidade do piso. Agora era preciso esperar pelo dia seguinte, quando tomaria o *Princesa da Lagoa* em direção a Porto Alegre.

Bateram à porta. Era o proprietário da pensão. Haviam-no informado sobre um senhor chamado Francisco da Silva, morador de Rio Grande, português e meio manco, dono de um entreposto de secos e molhados. Vendia tecidos, aviamentos para modistas, anchovas salgadas em barricas, vinho do Porto e queijo. Mandara chamá-lo.

– Quando ele vier, por favor, despeça-o. – Começava mal a investigação. Esses equívocos aconteceriam sem aviso. Teria de preparar-se. "Ora, um vendedor de anchovas."

A singradura da Lagoa dos Patos foi realizada com simplicidade náutica e levou três dias. Desde a amurada, o Historiador olhava a faixa de terra à esquerda: lá começava o pampa, terrível e belo, e lá estaria a Serra Grande, lá o homem que procurava. Iria encontrá-lo. Um ser humano não desaparece para sempre. Revoadas de aves migratórias subiam para o Norte. "Só eu venho para o Sul e para o frio."

Na manhã do quarto dia estavam à entrada do porto de Porto Alegre. Um prático subiu a bordo para conduzir o barco pelo canal do rio Guaíba. Muitos navios ali ficavam encalhados. À tarde ele se hospedava no Hotel Paris, na Rua da Praia. Foi ao Palácio do Governo e lá deixou seu cartão. O Presidente da Província estava em viagem para Rio Pardo. Melhor assim: não tinha espírito para perder tempo numa conversação protocolar e tediosa.

A Capital, afora sua "encantadora posição sobranceira ao Guaíba", como ele escrevera no caderno, não oferecia nada que chamasse especial atenção. Era uma cidade com igrejas, praças e lampiões a gás. No meio da manhã seguinte ele procurou a Cúria. O portão abria-se para um pátio quadrangular, cercado por arcos romanos que formavam uma galeria circundante. A arquitetura neoclássica impunha ao edifício uma sobriedade eclesiástica e refinada. Por baixo dos arcos caminhava um padre lendo o Breviário. No centro do pátio havia uma fonte de mármore representando os pontos cardeais, cercada por um canteiro de onze-horas. Atravessou o pátio e foi à Secretaria do Bispo D. Sebastião Dias Laranjeira. Recebeu-o um padre de olheiras, a quem ele disse ter conhecimento que um senhor chamado Francisco da Silva dera uma contribuição importante para o término do prédio da Cúria.

– É verdade.

– Quem é esse Francisco da Silva? – Ante a resposta "um estancieiro", ele perguntou: – Onde ele vive?

– Para o Sul.

Pediu ao padre a localização aproximada da estância. Estava indo longe demais, e adiantou-se à inevitável pergunta, acrescentando:

– É que Sua Majestade pediu-me que lhe apresentasse suas recomendações.

O padre fez uma inclinação respeitosa e disse que iria pesquisar nos arquivos da contabilidade. No dia seguinte mandava informá-lo.

À noite, no hotel, o Historiador concluía que a procura começava, talvez, a dar resultado. Existia um estancieiro Francisco da Silva, e era o mesmo que fizera uma doação para a Cúria. Deveria haver, nos arquivos, alguma cópia de recibo. Deu corda no Omega e apagou a vela. Amanhã, com a informação do padre, iria navegar de novo a Lagoa dos Patos, mas no sentido inverso. Iria procurar o homem, e sua missão terminava mais cedo do que imaginara. Adormeceu rememorando as palavras que diria ao encontrá-lo.

19

De manhã cedo recebeu um bilhete em que o secretário do Sr. Bispo dizia, numa letra miúda, que "depois de informar-se, soube que o Sr. Francisco da Silva tem sua propriedade situada no território da paróquia de Pelotas que, como o senhor doutor deve saber, é uma das maiores da Província, e à qual estão submetidas várias cidades, campos, vilas e povoados adjacentes". Terminava com uma assinatura caprichosa como uma iluminura gótica. Era muito, era pouco, dependendo do ângulo pelo qual se olhasse. Mas na essência, a resposta do padre restringia o território, o que era bom. A Serra Grande, por óbvio, estaria dentro dos limites da paróquia.

Organizava seus papéis quando vieram lhe trazer um convite para jantar na casa do Visconde de Rio Grande, comemorativo dos sessenta e cinco anos. O nome lhe dizia algo, lembrava-lhe um vago rosto em forma de pêra e uma espada de ouro com motivo de filigranas. Presa aos pormenores, a memória dos esquecidos tem essas veleidades artísticas. O Visconde era um dos homens mais ricos da Província. A cara de pêra dava-lhe o aspecto de uma caricatura de Napoleão III. O cartão pedia escusas por estar convidando para o mesmo dia, mas o Visconde ficara sabendo apenas hoje da presença ilustre na cidade.

Os planos mudavam, e uma oportunidade surgia para obter mais dados.

Lembrou-se do par de sapatos de verniz que Cecília pedira que trouxesse. Lá estava, aninhado com amor ao fundo da mala, era um animalzinho dormindo. Ela, a sábia, ali o colocara. Desenrolou o *Jornal do Commercio*, e em cada dobra podia sentir a ação daquelas mãozinhas ágeis e rosadas. "O senhor doutor pode precisar deles, ir a uma festa."

Voltou a embrulhar os sapatos. Considerava-se de luto, e iria ao jantar porque era seu dever. Ao depositá-los de volta em seu lugar, foi dominado por um pânico de saudade, os olhos ficaram úmidos. Parecia-lhe haver sentido um perfume a alecrim.

Escovou as botas, vestiu-se. Molhou o lenço com água de colônia, passou-o nas têmporas. Precisava sair, e logo.

20

A residência do Visconde ficava no extremo ocidental da Rua da Igreja, e quando a viatura de aluguel deixou-o à porta, ele observou, na luz quase finda: havia, encimando a porta, uma pedra de armas. Não era o primeiro a chegar, e no salão, iluminado a gás, entediava-se a melhor sociedade. O anfitrião veio cumprimentá-lo:

– Nos conhecemos no Palácio Provincial, lembra?
– Por certo. – Não se lembrava. Apenas a cara de pêra coincidia. À pergunta sobre o que estava fazendo na Província, deu a resposta já preparada. O Visconde desejou-lhe uma boa estada e, chamando a esposa, apresentou-a. Era uma matrona de grandes seios e cintura estreita. Caminhava como uma pomba. Ela perguntou como estava a saúde de Sua Majestade a Imperatriz.

O jantar foi chatíssimo, e a comida, intragável. Os homens refugiaram-se na saleta de fumar, enquanto as mulheres reuniam-se num canto do salão principal. Em meio a conversas pastoris e agrícolas, corria o tempo. Numa pausa geral, daquelas que ninguém se julga apto a quebrar, ele perguntou se algum daqueles senhores conhecia Francisco da Silva, estancieiro para os lados de Pelotas e Bagé. Precisava visitá-lo, para as finalidades de um livro que iria escrever. Interessados porque surgia um assunto, e assunto que envolvia a figura do Imperador, vários declararam que o conheciam, mas não se referiam à mesma pessoa. Aos poucos começou a surgir uma convergência, um certo estancieiro Francisco da Silva, rico de fato, proprietário de campos de criação de gado entre Pelotas e Bagé. Vivia próximo à Estação de Pedras Altas. Havia trem, agora. Aquele nome, "Pedras Altas", lembrou-lhe algo, e o Historiador perguntou, apenas para certificar-se, onde se localizava a Serra Grande. O Visconde chegava à saleta:

– A que eu mais conheço fica depois de Bagé, em direção à fronteira com o Uruguai, lá por D. Pedrito. – Sim, ele tinha certeza absoluta: seu sogro possuíra algumas terras por lá. – Mas atenção: não é a mesma Serra Grande que fica entre Pelotas e Bagé. Há pelo menos duas serras com o mesmo nome. – Olhava em volta. – Algum dos senhores enxergou por acaso minha caixa de charutos?

– E perto dessa Serra Grande da fronteira vive algum Francisco da Silva?

O Visconde alegrou-se com o criado, que lhe apresentava a caixa de *Partagas*. Pegou um deles. Aspirava o perfume. Disse que Silva era família muito comum por lá. Deveria haver várias pessoas com o mesmo nome. Mas há anos que não punha os pés naquelas longitudes.

De volta ao Hotel Paris, tentando digerir o assado, o Historiador fazia um resumo no vade-mécum: *O certo: há duas Serra Grande. A mais próxima fica entre Pelotas e Bagé, perto da estação de trem de Pedras Altas. Lá vive um Francisco da Silva. A outra fica além de Bagé, em direção à fronteira. Lá há vários Silvas, mas não é certo que exista um Francisco. Preciso ir a Rio Grande, e de lá a Pelotas e em*

Pelotas tomar o trem. Descerei em Pedras Altas. Pôs um ponto, sublinhou a lápis vermelho.

Tomou o caderno nº 17. Para o trajeto entre Pelotas e Bagé, na época feito de carruagem e a cavalo, escrevera: "Tempo muito frio. Sua Majestade apresenta uma indisposição intestinal". "Sua Majestade está sendo atendido pelo Conde Dr. Mota Maia, que lhe prescreveu quinino." "Sua Majestade curou-se e recuperou o apetite." Na página seguinte: "Fomos bem recebidos na povoação de Pedras Altas". Aí estava o lugar de que se lembrara. Unindo o que era hipótese e o que era certeza, ele sentiu que possuía todos os meios para achar o homem. Talvez a viagem fosse mais breve do que pensava, e com sorte terminava-a nas cercanias de Pedras Altas. De certeza iria lembrar-se de Francisco da Silva. Bastaria vê-lo, ao chegar na estância – embora as casas fossem tão parecidas umas às outras. Em sua dispersa memória, ele as unia numa única, assim como fazemos com os pardais e os escaravelhos.

À tarde do dia seguinte tomou o vapor no cais fluvial de Porto Alegre, em direção ao Sul.

21

Com um estrondo das engrenagens, a locomotiva saiu da gare de Pelotas. O clima outonal impunha-se: havia um sol inclinado, num céu nítido e frio. Chovera na noite anterior, e o minuano soprava as nuvens para o Norte. Ele ocupou seu lugar no primeiro vagão, menos sujeito ao sacolejo, embora recebesse ali o cheiro acre da hulha incendiada. Preparava o encontro com o estancieiro. Mostraria a carta de recomendação e diria, logo, os supostos motivos da sua visita. Com isso imaginava provocar a revelação esperada. E poderia logo regressar à Corte.

  Revia o pampa, que até agora não conseguira enxergar. Tudo no pampa pertence a outra era: mesmo os animais são ilustrações de uma paisagem pintada por um artista já morto. As grandes árvores copadas repetem o formato umas das outras. Tudo é muito horizontal, e as aves voam a grande altura. Sucederam-se as estações da via férrea, até que, quase dormitando, ele sentiu que o trem mais uma vez diminuía a marcha. Abriu os olhos e, com um gelo no estômago, viu uma placa: Pedras Altas. Quando o trem parou de vez, soltando uma grande nuvem de vapor, ele avisou ao cabineiro que iria apear ali mesmo. O homem trouxe a mala e a valise cinzenta, baixando-as à gare vazia. O trem reiniciou sua viagem em direção a Bagé.

Foi procurar o agente da estrada de ferro. Perguntou-lhe se vivia por aqueles lugares alguém chamado Francisco da Silva.

– Qual deles? Tem dois primos com o mesmo nome.
– Dois? – Pensou. – Procuro o que vive junto à Serra Grande. – E disse, com certa intenção: – Lá onde pernoitou a comitiva do Imperador, há vinte e um anos.

O agente levantou o quepe, coçou a calva.

– Isso do Imperador não sei, porque eu ainda não trabalhava aqui. A estrada de ferro tem só quatro anos. Mas os dois primos moram perto da Serra Grande. Um é velho e o outro é mais moço. Podem ter uns vinte anos de diferença. Sabe o senhor como é, casamentos cedo, filharada enorme. Eu mesmo, eu tenho mais oito irmãos, graças a Deus todos vivos, e as idades variam de sessenta a trinta e cinco, veja só. Quero lhe mostrar a Serra Grande. – Levou o Historiador para trás da gare e apontou para uma elevação azulada na linha do horizonte: – Lá é o Norte, lá é a Serra Grande, está vendo? A estância do mais velho, que se chama estância Porteira de Ferro, fica a três horas de charrete. A do mais novo, a estância Santa Quitéria, fica a quatro horas da estância da Porteira de Ferro. As duas estâncias são muito ricas. – O homem falava com pressa, como se o fossem impedir de dizer tudo o que desejava. – Mas quero lhe avisar que o estancieiro mais moço viajou, não está em casa, eu sei. Como agente, sei tudo o que se passa. Outro dia embarcou aqui um afilhado do Presidente da Província, que por sinal é meu aparentado.

Aquela tagarelice tornava-se insuportável. Foi preciso intervir:

— Vou visitar o mais velho dos primos. — Pela lógica, pensou, deveria ser esse.

O agente perguntou se queria alguém que o levasse à Porteira de Ferro. Sim? Pois bem: poderia conseguir o Isidoro, não iria cobrar muito. A charrete tinha um eixo só, mas era com tolda.

O tempo mantinha-se bom, e o Historiador avaliou que essa viagem não iria exigir muito de si. Ao tirar da mala o *Mapa do Confrade*, de imediato constatou que este não estava correto. A Serra Grande não ficava a meio caminho entre Pelotas e Bagé, mas derivava de modo brusco para o Norte.

22

Em pouco menos de uma hora saía para o pampa aberto, levado por um cocheiro quieto, barbudo, com cara de bandoleiro, mas que trazia uma pequena medalha na lapela. Seu chapéu, com a copa devorada pelas traças, dava-lhe o ar de um cantor de ópera no papel de mendigo. Tinha medo de cobras.

"Estância Porteira de Ferro." Os gaúchos faziam bem, ao atribuir nomes às suas propriedades. Se ele desse algum valor às coisas miúdas como denominações de estâncias, hoje não estaria emaranhado nessa missão sem pés nem cabeça. Lembrava-se de haver anotado apenas um desses nomes, Estância das Graças, e apenas porque ali o Imperador recebera o plenipotenciário argentino que lhe viera prestar suas homenagens.

Ao avançarem pelas trilhas em direção ao Norte, sempre com a Serra Grande à frente, o Historiador não reconhecia aquela paisagem. Abriu o caderno nº 17 no ponto marcado por uma fita: "Depois da povoação de Pedras Altas percorremos um caminho de seis léguas até a estância em que Suas Majestades mais os oficiais e eu pernoitamos." Aquilo não significava muito: "Seis léguas" é anotação de pouca valia, pois tanto podem ser para o Norte como para o Sul. Ainda restava a possibilidade de, no passado, terem atingido a estância – mas qual das duas? –

por outro caminho. "Em vinte e um anos as coisas mudam." Não sabia ele de um fato: o pampa é único e perpétuo, e a memória é múltipla e frágil.

Amaldiçoava-se por seus apontamentos serem tão avaros, o que ele entretanto justificou; na sua função de Cronista, deveria preocupar-se apenas com os fatos das personalidades: o Imperador em primeiro lugar, depois a Imperatriz, a seguir os dignitários da Corte, os Generais. São essas pessoas que mudam o destino dos povos. Se anotara a minúcia de uma disenteria do Imperador, é porque certas disenterias podem levar à morte, e a morte de um monarca reinante é, sem dúvida, um fato da História. Enquanto pensava, embebia-se da natureza. No passado, ele viera cheio de deveres cerimoniais, gastando seu tempo nos registros. Não pensava em si mesmo. Agora, contando com a mudez do cocheiro, o pampa desdobrava-se como algo enorme. Era possível sentir o volume e, mais do que isso, o peso das coxilhas. Não escutava o silêncio, porque este era sufocado pela estridência de seus ouvidos; podia, contudo, percebê-lo na imensidão estática daquelas planícies.

– Não estou vendo animais rasteiros, Isidoro.

– Quando começar a noite eles vão sair das tocas.

Meia tarde. A charrete, com molas duplas, era mais confortável do que poderia sugerir seu aspecto. O sol inclinava-se sobre as colinas e já não irradiava calor. Nessas horas melancólicas é como se a gente olhasse o mundo desde a outra vida.

Tivesse ouvidos sadios, já poderia escutar o caminhar macio dos lobos-guarás em seus hábitos crepusculares. Esses lobos possuem caudas com reflexos de prata dourada.

23

A estância Porteira de Ferro justificava o nome. Depois da porteira, havia uns cem metros até a casa, e renques de acácias ladeavam a estradinha. A casa, acachapada e com oito janelas à frente, era igual a tantas outras no interior da Província. Impressionava aquela imensa magnólia, um luxo de transplante para essas regiões, e que lançava sua proteção por toda a fachada. À medida que se aproximavam, ele era acometido pela promissora idéia de haver estado ali. Não era ainda uma lembrança, mas uma reminiscência. Ao chegarem à porta, uma criada forte, com tranças de índia, apareceu segurando um lampião. Disse-lhe para estar à vontade, o patrão já viria. Isidoro foi cuidar do cavalo. À frente, mas a uma distância que a fazia diminuta, avistava-se a Serra Grande. Tudo ajustava-se às suas conclusões.

Dentro de casa ficava mais frio. Ali já anoitecia. Ele estava numa peça retangular, enorme, em que os passos ressoavam no soalho. Ao centro, apenas uma longa mesa oval e suas doze cadeiras. Junto às paredes, altíssimas e úmidas, espalhavam-se móveis de vime. A atmosfera tristonha dos campos penetrava pelas janelas. A criada foi acender os candeeiros, apoiados sobre mísulas de gesso, que começaram a soltar aquele rançoso cheiro de óleo de baleia. Ele sentou-se num canapé, por debaixo do retrato a óleo do Imperador em aparatoso traje cerimonial e em escala humana. Era o único quadro da sala, mas pela imponência valia por todos os que faltavam. Aquilo em nada ajudava a memória, pois toda casa brasileira possuía um retrato do Monarca, variando o tamanho e a técnica segundo a riqueza: óleo, desenho, litogravura e, em épocas mais recentes, fotografia; apresentavam-se como grandes retratos, meios-bustos e até miniaturas. Da cozinha vinham os ruídos triviais das panelas.

Quando o proprietário chegou, o Historiador levantou-se por impulso, como se estivesse à frente de um antepassado: curvo, os bigodes brancos unindo-se às suíças, o estancieiro vestia uma anacrônica sobrecasaca de casimira negra, longa até os joelhos, com as lapelas debruadas em cetim azul. O rosto era marcado por sulcos muito antigos. Disse, estendendo a mão:

— Francisco da Silva, seu criado.

Ele não lembrava daquela figura de opereta. Disse o pretexto da visita. Mostrou a carta de recomendação, que o outro nem olhou.

— Pois esteja a gosto, doutor. Fez boa viagem?

— Sim. O conforto de um trem é coisa que não contávamos na anterior viagem.

Silva fez um olhar intrigado. De que trem ele falava?

— Do trem que liga Pelotas a Bagé. Eu apeei na Estação de Pedras Altas. — Receou haver dito algo que o outro não devesse saber. Desconversou, elogiou seus campos, eram de primeira.

— Obrigado. Agora prepare-se para o jantar. Ali é

o seu aposento. O seu cocheiro fica no galpão, com os peões.

O quarto era daqueles em que, mal fechada a porta, a solidão se instala: uma cama de ferro, um armário de pinho. Um espelho enferrujado pendia num prego. Ao lado da cama, sobre o criado-mudo, havia uma moringa de barro, um copo e um castiçal com vela nova. Foi servir-se de água, bebeu. Abriu os tampos da janela e deu-se com um arvoredo cerrado. Os cheiros da cozinha misturavam-se ao aroma noturno das acácias. Não, não se lembrava.

Ao olhar de relance o espelho, viu-a.

Ela estava às suas costas, por detrás do ombro. Cecília sorria. Mais bela do que sempre, sua face tinha uma solene presença, uma confiança impassível. Usava o vestido de musselina branca do retrato da esposa e ganhara a dignidade da morte e do matrimônio. Ele não podia voltar-se, paralisado em dor e saudade. "Fique. Não saia" – pensou, quase em lágrimas. Era uma imagem de materialidade incerta. Era um pensamento. Ela aproximou-se e o Historiador lembrava-se daquela última frase: "Eu nunca vou deixar o senhor doutor, nunca". Ele sentiu um estremecimento de abandono. "Fique, eu imploro." Não resistindo, voltou-se, avançando as mãos. Os braços deram-se no vazio. Viu apenas a cama, a qual trazia a marca de que Cecília ali estivera, à sua espera.

"As pessoas, quando começam a envelhecer, falam sozinhas e imaginam enxergar seres invisíveis." Só a imaginação poderia explicar aquele espectro perturbador. Mas ele não era homem de imaginação. Precavia-se contra essas traições do espírito, embora ao preço de uma vida sem grandes alegrias. A que atribuir, contudo, essa imensa paz, essa lenta certeza de que algo eterno e maternal velava por ele?

Viveu um momento de vertiginosa felicidade, superior a qualquer idéia de qualquer filósofo.

24

Ao jantar, posto na sala, compareceu a família: a esposa, um filho, uma filha com o marido. Eram tão semelhantes que pareciam respirar ao mesmo tempo. Tinham vestido as melhores roupas. A esposa trazia ao peito uma singularidade para aquela região remota do mundo: um broche de ouro na forma de uma serpente enovelada. Os olhos da serpente formavam-se por duas minúsculas gemas cor de rubi. A filha era daquelas pessoas cujos anos de vida são sempre um engano, e seus gestos revelavam uma silenciosa ingenuidade. A esposa foi a primeira a falar, ao pedir o prato:

– Faz muito tempo que o senhor esteve aqui.

Ele, que ainda trazia nos olhos a imagem de Cecília, ergueu a cabeça, já atento.

– Vinte e um anos.

– O senhor gosta de arroz-de-carreteiro? Mas faz assim tanto tempo?

– Vinte e um anos. Gosto de arroz-de-carreteiro, sim, faz o favor. – E porque agora tudo se encaminhava: – Se não me engano, Suas Majestades dormiram naquele cômodo – arriscando, apontou.

A estancieira olhou, corrigiu-o: não; Suas Majestades haviam usado o outro, ao lado.

— E o senhor doutor ficou no mesmo em que está hoje. Está aí seu prato. Servi pouco?

— Está bem assim. Na minha idade é preciso moderação, caso contrário temos pesadelos. — Num instante tão breve como uma idéia, veio-lhe de novo à lembrança a sombra benévola de há pouco. Baixou os olhos, comovido. Seu desejo era voltar ao quarto, mesmo que significasse perder um momento crucial de sua missão.

O estancieiro comia com vagar, e por vezes assentia com a cabeça. Era um homem muito velho. Era tão velho que talvez todos na Província já o considerassem morto. Em torno de suas pupilas havia uma auréola leitosa e finíssima. A mão tremia ao segurar a colher de prata da sopa. Aquela mão trêmula poderia haver escrito a petição ao Imperador.

Num dado instante Francisco da Silva fitou o retrato de D. Pedro II:

— Sua Majestade... — não disse mais nada. O filho olhou de lado para o Historiador e girou o dedo junto à têmpora. Disse que o pai, em certos momentos, só repetia o que os outros falavam, era uma criança. Afinal, tinha noventa e nove anos. O Historiador olhava para Francisco da Silva. "Pesaroso fato é a velhice. As pessoas dizem as piores coisas à frente dos velhos, pensando que eles não escutam. É como se falassem ante uma pedra. Ou pior, ante um animal."

— Noventa e nove anos? — ele repetiu, mas não sabia o que fazer com essa informação.

A conversa seguiu até as compotas de pêssego e abóbora. Forçando um bocejo, ele pediu licença e levantou-se. Parou à porta do quarto:

— Parabéns à família. Estive em Porto Alegre e fiquei sabendo que o senhor Bispo é muito grato pela doação para a Cúria.

— Doação? — era a estancieira.

O Historiador voltou: o senhor Francisco da Silva não fizera uma doação para o término das obras da Cúria Diocesana?

A estancieira olhou para o marido. Este olhava para seu próprio reflexo na colher:

— A Cúria Diocesana...

— Há um engano de sua parte — ela disse. — Nunca doamos nada. Se fôssemos dar alguma coisa, seria para a Matriz de Pelotas.

— Claro. Talvez eu me tenha enganado. — Deu boa-noite, dizendo que amanhã, depois de ouvir a família e fazer alguns apontamentos para o seu livro, teria de seguir viagem.

No quarto, logo olhou para a cama: não estava mais a marca deixada por Cecília. Mas notava um ar em suspenso, indecifrável. Não precisava enxergá-la: ela estava ali, e essa certeza lhe era o bastante. Ateou o pavio da vela, tirou o tinteiro da mala, pôs uma folha de papel sobre o criado-mudo e, depois de escrever a data, anotou: "Hoje quase a tive nos meus braços. Hoje fui um homem feliz". Perturbado com as surpresas da sensibilidade, dobrou o papel e guardou-o entre as páginas do caderno nº 17.

Ficou um longo tempo olhando para a parede, tentando aplicar-se ao que restava de sua missão: afinal, por algum motivo chegara até ali. Concluiu que a busca voltava ao ponto do início: sem a doação à Cúria, aquele não era o homem. Agora era preciso ir atrás do primo, na estância Santa Quitéria. Se ele não estava na estância, como dissera o loquaz agente ferroviário, a família saberia dizer algo sobre o requerimento ao Imperador. Virou algumas folhas do vade-mécum e abriu-o bem ao meio, no ponto em que aparecem as linhas da costura, formando um quadrilátero branco, de um palmo por um palmo. Ali, começou a desenhar um mapa, que servia para o propósito de orientar-se em suas andanças pelo pampa. Traçou toscamente a Estação de Pedras Altas, depois o caminho que o trouxera até a estância. Ao fim do caminho, fez uma pequena casa, escrevendo por debaixo: *Estância Porteira de Ferro. Francisco da Silva 1: tem noventa e nove anos, e contudo é falso.* À frente da casa, num ponto que seria o centro de um círculo, desenhou uma elevação solitária, escreveu: *Primeira Serra Grande.* "De um momento para outro, passei a classificar os homens em verdadeiros ou falsos." Derramava água no copo quando escutou uma disputa longínqua entre uma mulher e um homem. Ficou com a moringa na mão, e pareceu-lhe ouvir a palavra "bispo", ou parte dela. No Sul do Brasil as palavras têm a sílaba tônica escandida como o estalar de um chicote. Escuta-se a palavra pela metade, e o hábito de ouvir completa o resto.

    Acordou debaixo dos olhos de Francisco da Silva. O homem segurava um castiçal. Ainda era escuro.

    – Doutor. Não acredite em nada que disseram os da minha família. – Aproximou a vela, iluminando o próprio rosto. – Eu fiz uma doação à Cúria de Porto Alegre, para terminarem o telhado. Um conto e duzentos e trinta e dois mil-réis.

O Historiador soergueu-se, firmando as vistas. Não se deu conta de que fazia um grande atalho na conversa, ao perguntar:

— E então o senhor escreveu ao Imperador pedindo o cumprimento da promessa?

— A promessa...?

— A promessa de fazer-lhe Barão de Serra Grande.

Os velhos têm olhos aquosos. Entre as pálpebras sempre há um tremor líquido e cintilante. Assim era com aquele, mas havia um sentimento real em seu rosto. Balbuciava, como se tivesse de escolher as palavras num idioma recém-aprendido.

— Eu tenho... uns papéis aí, numa caixinha. Vou mostrar. Venha. — Conduziu-o pela sala. Seus passos tornaram-se mais ágeis. Tirava um molho de chaves do bolso.

Foram interrompidos pelo filho, que chegava pelo corredor trazendo uma luz.

— Aonde vão?

— Ele queria me mostrar alguma coisa – disse o Historiador.

— Ele não tem nada a mostrar. Ele não sabe o que faz. — E tomou as chaves do pai.

O Historiador reconheceu que estava interferindo nos segredos da casa. Desejou boa-noite e já se voltava quando o velho perguntou:

— Mas o senhor vem de novo, um dia?

— Não.

Ante a expressão desolada de Francisco da Silva, ia alegar as dificuldades da viagem. O velho já erguia os ombros. Era um homem triste:

— Faça de conta que eu não perguntei nada. Vá em paz.

O Historiador hesitou, mas acabou concordando:
— Volto sim, prometo.
— Venha para a festa dos meus cem anos. Dia 31 de outubro.

O filho olhava para um e para outro, fazendo tilintar as chaves no bolso.

25

Depois do café-da-manhã, tiraram as louças da mesa grande e ele abriu o vade-mécum, fazendo perguntas banais que apenas justificavam sua presença ali: dia, hora da chegada da comitiva imperial, as pessoas que lá vieram saudar Sua Majestade etc. Fingia registrar tudo, mas estava mais admirado ao escutá-los dizer "o senhor doutor fez isso, o senhor doutor fez aquilo". Era como se fosse outra pessoa, um ator representando ações num tempo remoto.

Isidoro quis saber se iriam embora.

– Sim. Vamos para a estância Santa Quitéria.

Veio toda família despedir-se. Estavam na varanda em frente à casa, dispostos em linha. Francisco da Silva ocupou o centro do grupo. Era como se posassem para uma fotografia. Desejaram-lhe boa viagem.

Um quarto de hora depois, já na trilha, o Historiador ainda olhou para trás. A constatação foi instantânea como um raio: estivera ali.

– Pare – disse a Isidoro. – Pare.

Lembrava-se do espantoso broche da estancieira. Veio-lhe a história que buscava, como quem puxa o fio de um novelo: Suas Majestades apeando da viatura militar, o fim de tarde, ele mesmo em outra viatura, atrás; a agitação dos palafreneiros desatrelando os animais, a saudação que fez Francisco da Silva na varanda da casa e o erguimento do pavilhão imperial no alto de uma paineira, os homens da Guarda perfilados. Lembrava-se até desse aroma fresco das acácias. Tudo lhe haviam dito, mas só o pormenor do broche deu vida e figura a tudo aquilo.

— Vamos voltar, Isidoro.

O cocheiro já puxava a rédea quando ele o susteve. Dava-se conta do ridículo se retornasse. Não poderia dizer "esqueci uma coisa".

— Não, Isidoro. Vamos seguir adiante. — Dando as costas à casa, olhava agora para a Serra Grande. Iria retornar. O verdadeiro Francisco da Silva, sim, poderia ser aquele desmemoriado. E se houvesse um recibo da Cúria na tal caixinha que ele quisera tanto mostrar? Voltaria para os cem anos. Justificava-se: devia cumprir a promessa. Lembrou-se de conferir sua anotação no caderno nº 17:

— Diga-me, Isidoro, quantas léguas há da Estação de Pedras Altas até a estância de onde saímos?

— Seis léguas.

26

O cocheiro olhava para os lados do Sul.
– Vamos ter chuva. Se não hoje de noite, amanhã. O tempo muda muito ligeiro, aqui.

Quando o chefe da Estação de Pedras Altas lhe indicara Isidoro, o Historiador não imaginava o quanto esse guia lhe seria útil. Não apenas conduzia a charrete, mas também conhecia o tempo e o alertava para os perigos do pampa. Sua cara de bandido provinha de um certo olhar soturno, o qual se desfazia ao contar alguma história da última revolução. Falava entremeado de silêncios, estabelecendo suspensões dramáticas que valorizavam os relatos. Servira como soldado nas tropas legalistas, mas quem ganhara a medalha fora o coronel seu padrinho. Isidoro recebera-a em testamento. Usava-a por faceirice e porque o protegia dos maus espíritos. Mostrou-a: tinha a efígie do primeiro Imperador em um dos lados, e no outro, a frase *In hoc signo vinces*. O que significava?

– "Com este sinal vencerás" – o Historiador estava com espírito leve. A presença de Cecília deixara-o com uma sensação de inédita brandura.

Aquele cocheiro também colhia frutas, e foi para o mato, de onde voltou carregado de bananas temporãs. Sentaram-se para comê-las. Isidoro improvisou uma fogueira, preparou seu mate e o tomou sozinho, olhando desconfiado para o Historiador, que se recusava a bebê-lo. Aquela infusão verde e quente, queimando o esôfago, não podia agir bem no organismo. Essa parada fez com que perdessem uma hora de viagem.

  O melhor de Isidoro era seu respeito a todos os bichos. Tratava o cavalo como se fosse um ser humano. Esse respeito não se estendia às cobras. Tinha por elas um terror mítico e ancestral. Não, ninguém morrera picado de cobra em sua família, nem ele estivera em perigo. Tudo resumia numa frase:

  — Elas não prestam.

27

Chegavam à Santa Quitéria. Havia poucas nuvens, apenas para os lados do Sul é que se condensavam algumas escuras massas, vaporosas e ameaçadoras. A casa ficava no topo de uma coxilha, cercada por um arvoredo de quaresmeiras que não ocultava o telhado. Via-se, por detrás e algo próxima, a Serra Grande. Era igual ao fundo dos quadros heróicos do mestre Vítor Meireles. Ele agora se convencia: o segundo plano de uma pintura pode ser mais belo do que o tema principal – mesmo sendo este uma gloriosa batalha vencida pelas armas do Império. Sua memória, todavia, era apenas um vazio em que não entrava luz. Ele não estivera ali. Ou não soubera, na época, atentar à paisagem.

Foram recebidos pelos cães. Sempre há uma grande matilha ao redor das casas de estância. Quando apareceu o capataz, muito velho para sua função, o cocheiro reconheceu-o, eram amigos. Abraçaram-se. Como esperado, o patrão não estava, fora para o Rio de Janeiro para fazer uns inventários da família. Só a patroa estava, mas naquele momento percorria o campo. Logo chegaria. Eles poderiam entrar e ficar à vontade.

Foi nítida a diferença com a anterior estância. A vista logo foi atraída por um insólito piano Pleyel de estudo. Na parede em ângulo pendurava-se um espelho oval, decorado com frutas esculpidas ao estilo do tempo do Reino. Requinte maior, via-se um tapete belga, circundado por cadeiras de braços, tendo ao centro uma pequena mesa com sua toalha bordada em crivo e barras de crochê. Sobre a toalha, um certo álbum de fotografias e uma floreira de alabastro com cravos-de-defunto secos. No alabastro, em baixo-relevo, gravava-se P.II, o imperial monograma. Conhecendo-se a refinada gratidão de D. Pedro, esse poderia ser um indício da anterior presença do Monarca na casa. Na parede entronizava-se um retrato do Imperador, fotográfico, redondo. Sua Majestade fitava a lente da câmera com um olhar de perplexa curiosidade. Um de seus passatempos conhecidos era a fotografia. Ao lado haviam posto uma litogravura com a terrível imagem de Santa Quitéria, Virgem e Mártir, que leva a própria cabeça degolada entre as mãos. Uma lamparina de vidro roxo ficava entre os dois quadros. A composição singular sugeria que a chama da lamparina honrava a Santa, o Monarca e iluminava a noite. Na parede oposta havia uma panóplia rica, com pistoletas, caçadeiras, espingardas e garruchas dispostas em círculo, tendo ao centro um escudo com o brasão da família Silva: de prata, com um leão rampante em púrpura. Havia um vazio, indicando que uma das armas fora retirada. Mesmo em posição floral, não eram apenas decorativas. Isso ele viria a saber mais além, e do modo mais atroz.

  Não era bom estar ali. Mas ele reconhecia o mesmo cheiro de cera de abelha de sua casa do Rio de Janeiro, e foi aguda a lembrança de Cecília. Uma empregada de cabelos grisalhos veio abrir as janelas.

Perguntou ao capataz se D. Pedro estivera hospedado ali. Não, não estivera, respondeu o outro que, logo declarou, servia a casa desde criança. A empregada voltou-se:

– Esse Inácio está caduco. Venha, doutor, vou mostrar a cama em que dormiram os Imperadores. – Levou-o ao quarto principal, que se comunicava à sala por uma porta altíssima e lavrada. – Aqui está o quarto, aqui a cama. – Era um leito de dossel, luxo que condizia com a riqueza da sala. – Nunca ninguém mais dormiu aqui. Os patrões foram para o outro quarto. Eu só entro para limpar.

A comitiva imperial era muito complexa, comportando não apenas a pesada berlinda de Suas Majestades, mas também as viaturas logísticas puxadas a bois, e ainda as carroças da criadagem e da Guarda Imperial. Todo esse conjunto se movimentava com muito esforço. Era possível que tivesse levado um dia inteiro para percorrer aquele trajeto. A empregada, assim, não estaria mentindo. O capataz dizia da sala:

– Vá o senhor acreditar nessa velha.

– Velha é la madre que te pariu – ela respondeu. Ali tudo assumia um ar meio transtornado.

O Historiador percorreu a casa e as cercanias. Decidira-se a não se incomodar com dúvidas. Tudo era novo mas, também, conhecido. Foi ao pequeno cemitério familiar, numa elevação do terreno, cingido por uma cerca de pedras. Ali havia um único túmulo, a um canto, com lápide de arenito rosa.

No terreiro, comeu as precoces laranjas daquele inverno. Procurou o galpão dos peões. Sentavam-se em cepos à volta do fogo. As paredes eram revestidas de fuligem e desprendiam um forte odor de graxa. Os homens tomavam mate. A conversa tinha longos hiatos, naqueles diálogos sem fim dos gaúchos. Contrariando todos os seus métodos de trabalho histórico, ele resolveu perguntar quem se lembrava da visita de D. Pedro II. O mais velho não se recordava de nada. Outro, porém, contou que o Imperador era um homem de barbas pretas, e todos na casa corriam de um lado para outro para atender às ordens dos patrões. Lembrava-se. O peão mais velho mandou que ele calasse a boca, como é que podia inventar aquela mentira? Os outros apenas escutavam. A estes, o Historiador perguntou se sabiam de alguma coisa. Foi o início de uma discussão, com palavras lentas, mas sólidas.

– O Imperador ficou dois dias.
– Três.
– Ele entrou por aquela porteira.
– Não.

O mais velho interveio mais uma vez:
– Isso mostra que estão mentindo.

Um peão barbudo, que até então não falara, pediu a palavra. Pôs o chapéu para a nuca:
– Está todo mundo enganado. Quem veio aqui na estância foi o Senhor Duque de Caxias.

Homens do pampa são assim: têm muitas certezas. No silêncio respeitoso, o barbudo olhava os peões um por um. Ninguém iria falar mais nada.

28

De volta à sala, e já antevendo as dificuldades que teria, sentou-se, abriu o álbum. Todas as famílias abonadas possuíam um álbum de fotografias. Destinava-se a entreter as visitas enquanto esperavam ou quando faltava assunto. Neste, cujas capas ostentavam marchetaria em marfim e madrepérola, ele viu mulheres de expressão anódina fixando o vazio, homens empertigados, crianças de longos cachos. Algumas fotografias eram coloridas à mão, o que dava uma aparência fúnebre às pessoas. Ao virar de uma página surpreendeu-se: era a foto de um grupo em que aparecia o Imperador de pé, ao centro, a Imperatriz sentada num cadeirão, dois oficiais da Guarda Imperial e mais outras pessoas, desconhecidas, entre mulheres e homens. O Monarca usava um chapelão romântico, vestia seu poncho gaúcho debruado com ramos de ouro. Sua barba ainda era preta. Posavam todos em frente a uma casa de estância. O olhar vagava pela foto.

    Num assombro, viu-se a si mesmo. Ele aparecia atrás da Imperatriz. Vestia também um poncho, e nada indicava que estivesse desconfortável. Era apenas ele, ocupando um lugar, olhando o infinito. Mas onde a lembrança daquilo? Inteirava-se, com aflição, que seu passado começava a tornar-se mais imprevisível que o próprio futuro. "Sim, aqui sou eu. Mas não sou o mesmo de hoje."

Alguém chegou à sua frente. Ele ergueu os olhos e viu uma pequena mulher de quarenta e poucos anos, com os cabelos presos numa rede, e que segurava um chicote de amazona. Vestia-se de negro profundo, o que lhe realçava a palidez cerosa. Ele beijou-lhe a mão, apresentou-se. Pediu desculpas por estar dentro de casa, apenas aceitara o convite do capataz que, parecia, estava autorizado a isso. O assunto que o trazia era breve e ele esperava não estar incomodando. Elogiou o asseio de tudo e a beleza dos campos. Ela apenas o fitava e, agora, sorria. Intrigado, ele perguntou:

– Com quem tenho o prazer?

Ela levou os olhos para seus lábios, e ele entendeu que a mulher não falava porque nada ouvia. Ele não pôde evitar o impulso de uma mirada rápida para o piano. Ela seguiu-lhe o olhar e entendeu a tácita pergunta, sorrindo com melancolia. O capataz e a empregada acorreram. O capataz disse:

– Doutor, essa é a dona da casa, a Dona Augusta. É surda e muda.

Ela moveu-se com graça, e com um aceno convidou-o a sentar-se. Tirou o chapeuzinho de feltro e o pendurou junto com o relho no cabide. Fez um sinal à empregada e veio sentar-se à frente do Historiador.

– Licor de bergamota, senhor doutor – disse a empregada ao voltar com uma bandeja. – Feito aqui mesmo em Santa Quitéria.

A estancieira e o Historiador comunicavam-se por gestos. Ele movimentava os lábios com exagero e olhava-a de frente, pois percebera que D. Augusta assim conseguia entendê-lo melhor. Na composição em que estavam, a tétrica imagem da Virgem e Mártir ficava em parte oculta, e as mãos da Santa pareciam segurar a cabeça de D. Augusta. Algo era incontestável: ele nunca estivera ali. Ninguém se esqueceria, mesmo depois de vinte e um anos, daquela mulher, de sua mudez, nem da imagem de Santa Quitéria. A fotografia do grupo com o Imperador talvez fosse de outra estância, que ele confundira com a Santa Quitéria.

Ao fim de duas horas ele conseguira explicar a D. Augusta a razão de sua presença e ficara sabendo de algumas coisas, uma em especial: ela era a segunda esposa de Francisco da Silva. Casaram-se havia dez anos. D. Augusta mostrou, no álbum ainda aberto, uma senhora com o rosto terrível: era a primeira esposa de seu marido. Quanto à visita do Imperador, ela confirmou: Suas Majestades haviam estado lá, o marido comentava. "Mas... marido... não... está" – assim explicou D. Augusta, em gestos cada vez mais fáceis de serem lidos. Na linguagem dos sinais, o esposo era um homem irascível. Na imediata simpatia que os homens sentem pelas mulheres infelizes, o Historiador já não fazia questão de conhecê-lo.

A empregada entendia-se sem dificuldade com a senhora, e nos casos mais complicados, era a ela que D. Augusta recorria quando lhe faltavam formas de expressar-se.

– Ela agora pergunta se o senhor doutor quer saber mais alguma coisa.

– Pergunte-lhe se o senhor Francisco da Silva fez uma doação para o Bispo de Porto Alegre.

Foi curioso ver como a empregada referia-se ao Bispo, figurando sobre a cabeça uma grande mitra. A senhora fez que "não" com o dedo.

– Pergunte-lhe agora há quanto tempo o Sr. Francisco da Silva está no Rio de Janeiro.

– Dois meses, ela diz. Mas eu, que tenho a melhor cabeça da casa, lhe digo que faz mais tempo.

Eliminava-se, assim, aquele Francisco da Silva do rol: o requerimento ao Imperador chegara do Sul há menos de um mês. Nada mais havia a ser feito em Santa Quitéria. Agradeceu a gentileza de recebê-lo e disse-lhe que já recolhera as informações que precisava para seu livro.

D. Augusta foi à janela e mostrou o céu, que começava a escurecer. A chuva era iminente. O melhor era ficar ali aquela noite. Ele disse que sim, aceitava e agradecia, mas na manhã seguinte precisava ir embora.

Depois do jantar, D. Augusta tomou um bastidor triangular com um lenço. Bordava num dos cantos um sinete. Embora o sono provocado pelo longo dia, pela viagem e por aquela luz amarela, ele tentava manter-se de olhos abertos. D. Augusta empurrava a agulha com o dedal de ouro, pegava-a pelo outro lado e fincava-a no tecido. Aos poucos ele sentia um torpor que imobilizava seus membros, e ao conter um bocejo, viu que D. Augusta o examinava desde a testa, descendo pela face e vagando pelo contorno dos ombros. Era um olhar perturbador e sinistro.

Ele mostrou o Omega, era tarde. Erguendo-se, beijou as pontas daqueles dedos frios.

29

Nessa noite, pensava: "Devo sair logo desta casa. Sinto um miasma de morte que percorre as paredes". Então escutou o primeiro trovão. Seguiu-se um trovejar contínuo, que estremecia o soalho e fazia vibrarem as janelas.

Se este Francisco da Silva era um a menos no seu rol, restava outra possibilidade, depois de Bagé, para os lados da fronteira. Se não o encontrasse, era voltar para a Corte e dizer que não havia nenhum Francisco da Silva que tivesse escrito ao Imperador. Não tinha tempo nem disposição para varar os campos. E o inverno começava. Mais do que isso, ocupava-se com D. Augusta, cuja imagem ia e vinha em sua cabeça. Era daquelas mulheres cujos olhos anunciam tragédias. Já enxergara aqueles olhos em sua esposa.

Vieram as primeiras gotas de chuva, levantando estalidos de porcelana nas telhas secas. Entrou pela janela o cheiro da terra molhada. Logo desabava uma tormenta catastrófica. Isidoro estivera certo em seus cálculos.

Um som musical, agudo como uma lâmina, atravessava o ruído do aguaceiro. Era o piano. Ele tentava dormir, e fechou as pálpebras. A música impunha-se com uma frase melódica em harpejos, a que o pesado acompanhamento dos graves dava a solenidade de um hino. Dado que criados não tocam piano, vivia mais alguém na casa. Ele deixou-se dominar pela idéia de ir ver. Levantou-se e empunhou o trinco da porta. Abriu-a.

O perfil de uma jovem mulher ao piano repetia-se no espelho oval. O rosto desvelava-se pela luz das duas velas nos castiçais aplicados ao instrumento. As velas iluminavam também a partitura. "Essa jovem não mostra uma beleza dissolvida na obrigatoriedade geral de serem belas, e que tanto exigimos das mulheres." Era bela por ser única, o queixo talvez um pouco projetado para a frente, ou o nariz pequeno demais. Toda essa assimetria ressaltava pela exatidão dos cabelos penteados em bandós idênticos. Ele procurou uma cadeira na penumbra. Era justo no momento em que a jovem feria o acorde final, o qual ficou ressoando pela força dos pedais. A seguir ela abriu outro livro de partituras e o pôs na estante do piano. Ele pôde ver que as mãos eram brancas como as dos bibelôs de Meissen. Ela agora começava o prelúdio *A gota d'água*, em que o intérprete martela com obsessão uma única tecla com a mão esquerda, enquanto a direita realiza uma fantasia de notas lentas. Quase todas as mocinhas do Rio de Janeiro, com sacrifício e muitos erros, tentavam executar essa peça.

Ele evitava fazer qualquer movimento. A jovem não tocava mal, mas logo cometeu um erro de dedilhado, e o piano soou abominável. Ela teve um esgar de contrariedade, repetiu a passagem uma, duas vezes, até que conseguiu um resultado escolar e aceitável. Esse erro trazia a jovem à mortalidade, naquela hora em que tudo era tão irreal.

A faísca de um raio iluminou as frestas das janelas. A pianista suspendeu a música, esperando. Estourou o trovão, que ficou percutindo. Ao fim dos últimos ecos, a jovem recomeçou a cantilena de Chopin. O Historiador percebeu que alguém respirava a seu lado. Era D. Augusta. Ela pôs o indicador frente aos lábios e, com a outra mão, indicava a jovem. Como pedia silêncio quem não podia escutar?

As músicas sucediam-se: mazurcas lânguidas, valsas em tom menor, estudos. Eram todas muito tristes. O temporal amainava, dando lugar ao uniforme ruído da chuva a escorrer pelos beirais, despejando-se no lajeado em torno da casa.

Passada mais de uma hora, a jovem apoiou os braços trançados na borda do piano, curvou-se. Bocejou, entregando-se a esse prazer. Estalou as articulações dos dedos. Abria-os e fechava-os. De súbito pressentiu algo e deixou cair as mãos sobre o teclado, que desferiu uma pancada de dissonâncias. Voltou-se e, premindo os olhos, esquadrinhava a obscuridade. Pasmou o rosto para seus ouvintes. Ninguém possuía, de uma só vez, aquelas pupilas negras um pouco deslocadas em relação a seu eixo natural, nem aqueles supercílios largos que corriam de modo perpendicular ao nariz. Às pressas ela recolheu as partituras, soprou as velas e sumiu na escuridão da casa. O ambiente tomou a cor roxa da lamparina. O Historiador pensava nas representações escultóricas de Palas Atena.

D. Augusta ergueu-se e, com um sorriso, deu a mão a beijar. Ele soube que aquilo significava o fim do recital, e que ele deveria recolher-se.

Por mais que invocasse o amparo de Cecília, o Historiador dormiu sem o consolo de sua presença. Teria de ultrapassar sozinho o resto da noite sob a lembrança da cena que vivera na sala e que, mal imaginava, não sucumbiria à sua já crônica falta de memória.

30

Não houve melhora do tempo, nem no dia posterior, nem no outro, nem na semana inteira. Os caminhos desfaziam-se sob as enxurradas. Pousados nos galhos das guajuviras, os pintassilgos escondiam as cabeças sob as asas. Da janela da sala, ele observava as baixadas encherem-se de água, formando lagos que amanheciam cada vez maiores. Imaginou tudo, em especial o frio, mas esquecera-se da chuva. Isidoro inquietou-se nos primeiros dois dias, mas logo descobriu no galpão os encantos do jogo do truco a dinheiro. Na casa falava-se baixo, com medo de aumentar a impressão da calamidade.

D. Augusta e o Historiador tinham longos silêncios. Ele evitava olhá-la, fixando um ponto intermediário entre as sobrancelhas.

Na quarta-feira ela pegou do aparador uma folha de papel, um lápis e escreveu: *Podemos conversar dessa forma, se o senhor quiser.* O sentimento do Historiador foi de logro, pois até agora esfalfara-se em comunicar-se por sinais. Tomou o mesmo papel e desenhou um enorme ponto de interrogação. D. Augusta escreveu: *Eu preciso falar com os sinais porque assim me olham nos olhos.*

Perdoe-me, foi o que ele escreveu, *tentarei fazer as duas coisas.* Ela leu. Havia uma vitória naquele sorriso. Ele foi buscar na sua valise cinzenta uma caderneta ainda virgem e escreveu na primeira folha: *Será o nosso modo de conversar.* E porque algo o intrigava, perguntou quem era *a moça pianista* que ele ouvira na outra noite. Soube que era filha do marido de D. Augusta. Chamava-se Lisabel: *A menina Lisabel vive no quarto. Só sai para ir ao piano. Ficou assim depois que o noivo morreu na semana das bodas.* A letra de D. Augusta revelava muita prática de escrita. *É louca.*

Uma ignomínia: madrastas podem, e até têm o dever de parecerem melhores do que as mães.

31

Na noite de quarta-feira ele escutou passos em frente ao quarto. Eram passos femininos. Entreabriu a porta. Na luz roxa da lamparina ele viu D. Augusta caminhando pelo corredor que ligava à sala. Com os braços cruzados, ela abanava a cabeça e abstraía-se com certa idéia. Apareceu a empregada dos cabelos grisalhos e articulou algumas palavras. D. Augusta deu-lhe uma bofetada e empurrou-a de encontro à parede. Deu-lhe um pontapé, gesticulava com ferocidade. Foi o momento em que a empregada, vendo o hóspede, apontou-o à senhora. D. Augusta ajeitou o vestido. Vindo ao seu encontro, sorriu, como se dissesse: tudo está bem. Ele concordou:

– Desculpe. Boa-noite.

Uma hora depois, já com as luzes apagadas, ele tornou a escutar o piano. Dessa vez, não iria até lá. Ao voltar-se para o lado direito, procurando a melhor posição do sono, mais uma vez tombou num abismo. Estava numa cama estranha, e o som da chuva ampliava-se até o ponto de rasgar seus ouvidos. Levantou-se e saiu tateando pelas paredes. Tropeçou em algo, cambaleou e caiu. Sentia junto ao rosto um cheiro forte de cera. Deixou-se pairar num espaço em que o presente e o passado são uma coisa só. Teve um sonho rápido com um rio, e nesse rio havia uma canoa. Os remos, ao emergirem, levantavam irisados arcos de água.

Batiam à porta. Aos poucos ele recuperava a consciência. Doíam os joelhos e o braço esquerdo. Batiam de novo. Ele ergueu-se e, já sabendo onde estava, acendeu a vela. A porta abriu-se e apareceu Isidoro, dizendo que D. Augusta mandara buscá-lo no galpão. Os da casa tinham escutado um barulho tremendo no quarto.

– Fui eu que caí. Tropecei na minha mala. Não estou machucado.

– E isso? Não é nada?

O Historiador levou a mão à testa, e os dedos vieram tintos de vermelho.

– Não, não é nada. – Era sangue, mas não sentia dor.

– Pode arruinar. – Era Lisabel, que aparecia no vão da porta. – Venha o senhor para a sala que eu já volto. – Se o rosto de Lisabel era grave, a voz era quase infantil.

Durante a hora seguinte ele sentava-se na cadeira mais confortável da casa. Lisabel colocara-lhe uma atadura na testa e olhava-o. D. Augusta vigiava com minúcia os movimentos da enteada. Há, nas pessoas que odeiam, um olhar superior e de permanente atenção, visível a quem conhece a alma humana.

– Obrigado, senhoras. – O Historiador forçava a dicção, para que D. Augusta pudesse entendê-lo. – Não merecia tanto cuidado. É a segunda vez que isso me acontece. – E voltou-se para Lisabel.

Quando os olhos que fixamos estão fora de nosso eixo, forma-se uma estranheza. É a nós que a pessoa dirige o olhar? Ela o atendia com delicada eficiência. Talvez D. Augusta tivesse exagerado ao dizer que a enteada jamais saía do quarto.

Lisabel achegou-se. Era possível sentir o aroma morno do seu seio, por debaixo do vestido de musselina branca. Havia um fascínio ameaçador naquela proximidade. Ela disse algo secreto:

— Eu tenho a morte no coração.

D. Augusta moveu-se, queria ver de frente a enteada. Lisabel deu-lhe as costas, e a cada movimento de D. Augusta ela se desvencilhava daquele olhar:

— Tudo perdeu o sentido para mim.

O Historiador considerou um instante. Disse:

— Passei da idade de entender essas coisas. Acho que você é muito jovem para ter esses pensamentos.

Ela pôs as mãos na cintura:

— O que o senhor disse é o mesmo que diz minha madrasta. — Fez um gesto impaciente e saiu da sala.

Ficaram só os dois, vendo-se. Ele buscou a caderneta, escreveu. *Estou atrapalhando a vida da estância. Prometo seguir viagem assim que as águas baixarem.* — *Não vá, agora que eu já me acostumo a si.* — *Obrigado por tudo que fizeram por mim, especialmente hoje.* — *Eu fiz.* — *A senhora e Lisabel.*

D. Augusta suspendeu o lápis, dirigiu ao Historiador um olhar de quem entendia tudo: *Não se interesse pela minha enteada. Ela é fantasiosa. Já desgraçou muita gente.* — *Mas ela tem uma doença e pode se curar.* — *Não, é uma doença que não tem cura. Lisabel é má. E o pai só olha para a louca, porque ela toca piano e ele consegue ouvir.*

Terminou assim aquela noite em que ele não dormiu. Alguns mistérios delineavam-se, escabrosos. Só não entendia como Lisabel podia despertar tantas fatalidades.

32

Na quinta-feira a chuva cedeu. Os arroios retornavam a seus leitos, e as lagoas, desinchadas, tornavam-se serenos espelhos de água. Os campos ainda estavam encharcados, mas as trilhas permitiam passagem. O sol voltava a iluminar os maricás espinhosos e já floridos. Na sexta-feira, Isidoro, depois de perder cinqüenta réis no truco, pedia para retornarem a Pedras Altas. O Historiador concordou, menos pela melhoria do tempo do que pela urgência de afastar-se dali.

— Vamos, Isidoro. Em Pedras Altas vou pegar o trem para Bagé. Para o lado da fronteira também existe uma Serra Grande.

Isidoro deu uma cuspida para o lado.

— Não sei o que o senhor quer com essas viagens, mas acho que está perdendo tempo.

O Historiador arrumou suas coisas e pediu à empregada que fosse chamar D. Augusta, precisava agradecer e despedir-se. A empregada voltou com um papel escrito: *Se o senhor não pode ficar mais um dia, poupe-me o pesar de ir despedir-me.* Com o papel na mão, ele olhava para a arrepiante imagem de Santa Quitéria. Escreveu no verso: *Como queira. Sou muito grato pela hospedagem, o que vou referir aos meus superiores.* Depois anotou uma mensagem para Lisabel: *Espero que não esteja aborrecida comigo. Adeus.* No mesmo instante soube que não iria embora para sempre. Nos últimos tempos dera para ter premonições que nunca viu confirmadas. Não desejava que essa fosse a primeira.

33

No momento em que Isidoro fez um alto às margens de uma sanga para dar água ao cavalo, ele tomou o vade-mécum, procurou o meio, abriu-o no seu mapa. Desenhou mais uma casa, unida à anterior por uma trilha, e escreveu abaixo: *Estância Santa Quitéria. Francisco da Silva 2: também é falso.* Vacilou, e depois: *Aqui vive Lisabel.* Era a primeira vez que escrevia um nome de mulher no vade-mécum. Riscou logo, várias vezes. Aquilo não interessava à História, nem a seu relatório.

Chegaram a Pedras Altas antes do meio-dia. Na gare, um homem alegre e grande tirava-lhe o boné. Foi uma surpresa. Anton Antonóvich Tarabukin, ao tirar o boné, refletia o sol em seus cabelos ruivos. Todo ele estava cheio de felicidade, e deu dois beijos nas faces do Historiador. Trazia junto um homem seco, de cavanhaque e óculos:

— Muito prazer. Adrien Picard. Sou francês e vivo na Província. — Sua voz possuía o tom monocórdio dos que perseguem alguma idéia. — Sou, neste momento, cicerone e intérprete de *Monsieur* Antonóvich. — Na qualidade de obstinado, julgou desnecessário explicar coisas secundárias, tais como a companhia de três peões que faziam guarda a vários caixotes e três malas grandes. Os peões entretinham-se comendo lingüiça e mandioca, que tiravam de uma panela. Picard fez uma observação displicente: – O senhor está com um ferimento na testa.

– Sim. Mas não é nada. – O Historiador apresentou-se, e Picard disse-lhe que *Monsieur* Antonóvich lhe havia feito as melhores referências a seu respeito.

Em pouco tempo o agente da Estação mandava-lhes uma empregada com pastéis e uma garrafa de vinho. Foram para o incômodo banco da gare. O francês olhou para o céu e para o tempo:

– Pelo que diz o homem da Estação, houve mudança de lua e não vai chover nos próximos dias. Perdemos muitos dias esperando em Pelotas e, para mim, cada dia parado é um dia em que o russo não me paga.

O russo devorava os pastéis com placidez. Bebia o vinho no gargalo, e a cada gole fazia uma cara de contentamento. Arrotou. Limpou o gargalo com a manga do paletó e estendeu a garrafa ao Historiador, que agradeceu, não bebia fora de horários. Veio o próprio agente da Estação, que preenchia os vazios da conversa com uma enfiada de assuntos. Nunca o Historiador ouvira alguém dizer tantas tolices. O agente intrigava-se com aquela multiplicidade de línguas em sua Estação, e porque era homem simples, perguntou ao russo o que faziam ali. Picard traduzia:

– *Monsieur* Antonóvich diz que procura algo que talvez não possa encontrar nunca. – O russo ria, acenando afirmativamente a cabeça. Suas bochechas inflavam-se de prazer, os olhinhos apertavam-se.

– A propósito – Picard voltava-se para o Historiador –, o senhor, o que o traz a este fim de mundo?

– A mesma coisa que *Monsieur* Antonóvich.

Feitas as traduções, o russo estendeu a mão, fechando um acordo.

– Saúde! – disse em português e ergueu a garrafa.

Os silvos anunciaram a chegada do trem. Os três levantaram-se, logo percebendo que iriam viajar juntos. O Historiador foi no primeiro carro, e o pequeno grupo do russo, incluindo os peões, encaminhou-se para o segundo. Picard olhava para o relógio com impaciência.

O Historiador levava aberto seu caderno nº 17, na anotação: "Bagé é uma cidade interessante e plana. Às onze horas celebrou-se *Te Deum* festivo na Matriz, a que compareceram Suas Majestades e mais ainda o Conde d'Eu, os oficiais-generais em comando de tropa, os Camareiros, o Esmoleiro-Mor e toda a população. Na homilia, o vigário pregou sobre a grandeza do Exército Imperial". "Depois de Bagé, a seguinte cidade foi D. Pedrito." Isso daria três ou quatro dias, dos quais não encontrava nenhuma referência. Onde estiveram? Como pode uma comitiva imperial perder seu rastro na História? Entendia, e até perdoava-se, de não confiar em suas lembranças, agora que já não podia confiar nem nos seus próprios escritos.

Examinando sua harmoniosa letra, percebia que naquela viagem ele fora meramente cartorário e servil. Agora que precisava de fatos humanos, sumiam de seu caderno. O vento, penetrando pela janela, fez voltar uma página.

Em Bagé terminava a linha férrea. Lá, procuraria a Serra Grande a que se referira o Visconde de Rio Grande. E, decisão reafirmada, era sua terceira e última investida na descoberta de Francisco da Silva. Três é um emblema.

Depois de experimentado o três, tudo pode ser afirmado, de bem ou de mal.

Olhou para o assento ao lado.

Ela estava ali. Ele sentiu uma umidade instantânea na testa. A garganta apertava-se. Cecília mirava à frente, absorta. Via-a de perfil, e este era encantador, sereno e abstrato. Ela pousou a mão sobre o joelho do Historiador.

– Cecília – ele disse, comovido. – Não me deixe, nunca.

34

No Hotel dos Viajantes uma mesa posta com o jantar aguardava os passageiros do trem. O russo bebeu três cervejas. Olhou de viés para a galinha assada e pediu uma fritada de ovos e toucinho. Trouxeram-lhe os ovos numa travessa oblonga, e lustrosos de gordura. Comia-os com pão. Interrompeu-se, olhou em volta e perguntou, com gestos, se não o acompanhavam. *Niet*? Ele ergueu os ombros e seguiu comendo com uma satisfação lúbrica. Embebia migas de pão no profundo amarelo das gemas e levava-as à boca, besuntando os lábios grossos e as pontas dos pêlos do cavanhaque. Ao mastigar, soprava forte pelo nariz, como se não quisesse perder nenhuma das alegrias do olfato e do paladar. Pegava o guardanapo com a mão grossa, não se importando em manchá-lo a ponto de torná-lo inservível. Olhava para a espuma da cerveja. Queria o copo sempre cheio. Bebia e, ao depositá-lo na mesa, este vinha com as bordas marcadas por seus lábios.

Sem sono, o Historiador deixou-se ficar, fascinado por aquela gula ciclópica. Daria tudo para, um dia, sentir esse prazer – qualquer prazer.

Adrien Picard e o russo, após desembaraçarem a mesa dos pratos e talheres, retiraram a toalha xadrez e estenderam um mapa, em que Bagé era o centro. Mandaram vir uma garrafa de conhaque Lafond 79. Mediam distâncias com um compasso e falavam na língua russa, intercalada com expressões em francês. Era uma linguagem confusa, da qual o Historiador entendia algumas palavras: teodolito, balança, bússola. Discordavam, batiam com os punhos na mesa. Quanto mais o russo se alegrava com a discussão, mais aumentava o azedume de Picard. Já era possível dizer que Picard era um homem tão inquieto quanto ganancioso. Julgando-se inconveniente, o Historiador despediu-se e subiu para o quarto. Pegou o vade-mécum e escreveu: *É feliz quem consegue comer uma fritada de ovos com toucinho.* No seu Omega de ouro eram três da madrugada. Ele sentiu um leve tremor na mão. Era a segunda vez em poucos dias.

Voltava uma penetrante lembrança de Lisabel, lá em Santa Quitéria, perdida em suas infelizes trevas musicais. *"Tenho a morte no coração"* – seria possível que, além da frase artificial, ali houvesse algo de autêntico? Agora era uma verdade que ficava cada vez mais forte: Lisabel viera atendê-lo para dizer a alguém, fosse quem fosse, o seu desespero e sua solidão. E ele, o bruto, o que fez? Apenas desdenhou e aconselhou, conforme se espera que um homem de sua idade deva fazer. "Mas qual a minha idade real?" Melhor: "De que idade estou falando, se tenho em mim todas as minhas idades?".

35

Perguntava ao hoteleiro se conhecia algum proprietário chamado Francisco da Silva, para o lado da fronteira, perto da Serra Grande. Eram quatro da tarde. O Chico Silva? Sim, o hoteleiro o conhecia. Estava hospedado no Hotel Real. Viera tratar dos negócios, como faziam todos os estancieiros ao fim de cada mês. Não estava no Hotel dos Viajantes porque não era bem-visto ali. Provocara um monte de bate-bocas por causa das bebedeiras. O homem olhou para fora e disse que se ele queria falar com o Chico Silva ele estava ali, no quiosque da praça, e decerto bebendo cachaça. Os tantos enigmas em torno de Francisco da Silva faziam-no tudo, um ser mitológico, atemporal, a discursar sentenças carregadas de hipóteses, mas jamais um bebedor de cachaça. Contudo, a natureza da petição ao Imperador era condizente com aquele homem que ele já enxergava, ao atravessar a rua.

Chico Silva era rude, inteiriço, tez carregada e barba por fazer. A barriga derramava-se por sobre o cinto. Bebia com outros, numa mesinha externa ao quiosque. Jogavam cartas. À pergunta do Historiador, feita de imediato e com as habituais desculpas, ele levantou-se, passou as costas da mão na boca:

– O Imperador? Esteve, sim, na minha estância. –

Procurava apoiar-se no espaldar da cadeira. – E o senhor, ao que bem me lembre, estava junto. Ou era outro?

O Historiador puxou uma cadeira. Os jogadores, ofendidos com a intromissão, passaram a outra mesa. Com meia hora de conversa, o Historiador resolveu buscar o vade-mécum no hotel. Anotava. Parecia reconhecer o Chico Silva, mas estava diferente:

– O senhor não usava bigode?

– Passei a usar depois do falecimento do senhor meu pai. – Pensou, teve uma idéia: – Amanhã eu volto para casa. O senhor pode ir comigo, para conversar com meu pessoal para o seu livro. Lhe consigo um cavalo. Sabe montar? Agüenta uma légua? Ótimo. Está em que hotel? Dos Viajantes? Bá! Aquilo é um chiqueiro. – Levantou-se, atravessou a rua aos tropeços e ergueu o punho ao hotel, berrando: – Cambada de cornos, que morram secos, filhos de uma puta paraguaia!

Anton Antonóvich surgiu à janela, dilatado por um riso que ia de orelha a orelha. Divertia-se. Abanava o boné para Chico Silva, incentivava-o às gargalhadas e gritava junto, repetia insulto por insulto.

Apareceu por detrás a cara mal-humorada de Picard. Puxava o russo pelo braço.

36

— Aqui estamos – disse Chico Silva. Vieram pelos mais belos campos da Província, atravessados por emas assustadiças. Ao Sul, ficava a outra Serra Grande. – Vejo que o senhor é acostumado a cavalgar. Nem parece que é um velho. – Não está conhecendo a casa? – Chico Silva já apeava, já entregava as rédeas a um peão. – Desmonte, senhor doutor. Não repare. Isto aqui está muito abandonado, depois que fiquei viúvo. Às vezes trago umas raparigas para alegrar o ambiente. Mudei o nome da estância, era Santo Antônio, agora é Estância do Baile.

Essas informações grotescas incomodaram o Historiador. E a casa lhe era estranha. Depois de uma dúzia de frases entendeu que aquele homem estava longe de ser o que tanto procurava. Mas antes precisava eliminar todas as dúvidas.

– O senhor doutor quer ver a cama do Imperador?

De jacarandá lavrado com representações de arcanjos, era um leito de opulência excessiva e sufocante. No dossel de veludilho encarnado, certa mão fantasiosa bordara em prata a lua e as estrelas. Aos lados, dois criados-mudos com tampos de mármore jaspeado. Junto à parede, um baú de vime e um lavatório, também de mármore, com um gomil e sua bacia de porcelana e ainda um espelho de corpo inteiro, elíptico, com o eixo maior na vertical. Vários sinais indicavam que o quarto ainda era utilizado. Pairava certo perfume sórdido, que deitava uma obscena vulgaridade a todo o aposento.

— O senhor doutor vai dormir aqui, se aceitar o meu pouso. Na própria cama do Imperador. Amanhã pode ir falar com os meus agregados.

O Historiador perguntou, como se apenas agora viesse a lembrança:

— Acaso Sua Majestade prometeu-lhe algum título de nobreza?

Encaminhavam-se para a varanda. Havia um belo pôr-do-sol lá fora.

— Título de nobreza? — e foi a primeira vez que Francisco da Silva ria. — Olhe para mim. Acha que tenho jeito para viver em paços? Olhe aqui meus dentes, todos estragados. — Calou-se. Estavam na varanda. Acendeu um cigarro com o isqueiro de pederneira. Fez uma fumaça de entontecer. Seu olhar era vazio quando disse: — Mas talvez Sua Majestade tenha prometido.

— Isso é coisa que ninguém esquece.

— Tem um tempo que a gente não sabe mais se escutou uma coisa ou foi só uma idéia que a gente teve.

— Vou-lhe perguntar uma coisa — o Historiador encarava-o. — Preciso que me responda com toda a clareza e toda a verdade, porque de sua resposta depende até meu cargo na Corte do Rio de Janeiro. O senhor escreveu ao Imperador, pedindo a Sua Majestade o título de Barão da Serra Grande?

Chico Silva sorriu, marcando o rosto com pregas.

– Pode ser. Quando eu fico bêbado, faço coisas que eu mesmo esqueço. Vamos sentar, que fazemos melhor. Por exemplo: outro dia dei uma ordem ao meu capataz, mas era uma ordem que eu já tinha dado. Antes de ontem eu estava no meio da sala e não sabia mais em que lugar que eu estava. Deve ser da cachaça, não é mesmo?

A petição ao Imperador, sim, poderia ser atribuível àquele homem. Sentaram-se em espreguiçadeiras e ficaram de frente para o sol. Em pouco tempo divagavam sobre a mentira e a verdade. Francisco da Silva mandara vir o mate, e depois de cuspir fora os primeiros sorvos, serviu uma nova cuia. Despejava do alto a água da chocolateira, levantando espuma. Ficaram conversando até que foi noite. Nada mais se esclareceu, e o Historiador achou desnecessário perguntar sobre a doação à Cúria de Porto Alegre. Não, aquele primitivo Chico Silva não era o verdadeiro.

Amanhã iria embora, e sem conversar com os agregados. Dava por finda sua viagem pelo Sul. Diria, no relatório ao Imperador, que falara com uma dezena de Franciscos da Silva, e nenhum era o requerente. Uma mentira, mas que os fatos poderiam confirmar: bastava ele persistir naquela procura diabólica.

37

Ao deitar-se na cama do Imperador, ele não tinha mais idéias. Recordava-se de imagens triviais, a costura das bombachas de Chico Silva, o aspecto doentio do cavalo em que viera. Olhou para o teto e viu uma forma anelar em certo nó da madeira. Lembrou-se do broche da esposa do primeiro Francisco da Silva. Nunca imaginara isso, dormir onde dormiu o Monarca. As empregadas, que se multiplicavam a cada instante e eram todas bonitas e moças, haviam trocado a roupa de cama. Agora ele passava os dedos sobre o linho dos lençóis. Era um toque frio e tenro, feito para as mãos imperiais. Inspirou, recolhendo o leve aroma de alfazema. Fechou os olhos. Fechar os olhos, estando desperto, aumentava os silvos, dos quais se esquecera nos dois últimos dias. A iniqüidade do *Tinnitus Aurium* está em reaparecer quando não lembramos mais dele. O sono, entretanto, venceu-o. Pouco depois, alguém abria a porta. Ele acendeu a vela. Era uma jovem, meio índia.

– O patrão me mandou aqui – disse. Tinha os olhos escuros e era toda insolente de vida animal. – Deu um passo. – Meu nome é Cândida.

– Não preciso de nada. Está tudo certo.

Ela já abria os botões do vestido estampado. Seu corpo tinha alguma coisa de brutal. O Historiador paralisou-se. Cândida vinha segura da força de sua carne. Deixava ver os seios, espessos e rijos.

– Vá embora – ele disse, a boca seca.

Cândida olhou-o com uma irônica dúvida e saiu nas pontas dos pés desnudos. Ele correu a fechar a porta. Respirava forte, aturdido com a própria violência. Algo movimentou-se ao fundo do quarto. Ele sentiu arrepiarem-se os cabelos da têmporas. Ao voltar-se, Cecília estava ali, sentada sobre o baú. Mirava-o com pena, mas também com suave repreensão.

Ele não pensou mais, abriu a porta e chamou por Cândida. Ela voltou, fechando os botões, perguntou o que era. Ele a pegou pela mão e a conduziu à cama.

Assim, debaixo do dossel imperial, sobre o colchão imperial, revolvendo-se nos imperiais lençóis, ele possuiu Cândida com a urgência desesperada de quem sente desfazer-se em si o nó da vida. Cândida correspondeu-lhe com todas as formas possíveis de amar, e nunca se cansava.

À meia-noite as batidas de um relógio invadiam a casa. O Historiador tombou para o lado, imerso numa lassidão satisfeita. "Assim deve ser a morte. A morte feliz." De repente algo se esclarecia em sua alma, embora ele ainda não soubesse bem o quê. Mas era algo bom e terno. Uma vela acendeu-se, e ele ficou admirando a elástica nudez de Cândida. Sentada na borda da cama, terminava de lavar-se na bacia que servira ao Monarca. Lembrando-se do rosto austero de D. Pedro II, ele achou a situação muito insólita.

Ela juntou as roupas:

– Eu durmo nessa cama todas as noites.

– É bem larga para nós dois. Fique.

Cândida tocou-lhe os lábios:

– Adeus. – E beijou-o na testa. Soprou a vela. Logo a porta se fechava.

Então ele olhou para as sombras, procurando.

Sim, Cecília continuava lá, e desta vez tinha para ele um sorriso satisfeito e plácido, como quem perdoa.

38

Ele ainda tentou dormir, mas descerrou os olhos: Cândida não era nada, nunca seria nada, mas a cama tornava-se inóspita sem ela.

Acendeu a vela e, abrindo o vade-mécum ao centro, no mapa, desenhou no canto direito uma elevação, *Serra Grande II*, e traçou uma linha que, vinda do Francisco da Silva 2, emendava-se a uma casinha ao lado da Serra. Anotou *Estância "do Baile"*. *Francisco da Silva 3: também não é este.* Com um sorriso que escondeu de si mesmo, escreveu *Cândida*. Dessa vez não riscou, ao contrário: sublinhou-o com um traço.

Parou-se frente ao espelho. Não sabia o que mudara em si, mas a fraca luz despertava em sua pele uma refulgência úmida, como se viesse de dentro de seu corpo. Cecília tinha razão. Ele ainda era um homem. Num gesto em que a emoção precisava ser evocada, retirou da lapela a tira de seda negra.

39

Ao acordar, e já era dia, ele soube de imediato o que significara a noite anterior: pela primeira vez, em toda sua vida, ele acordava com a claridade do sol. "O que eu fazia com todas essas longas manhãs?" Os campos amanheceram límpidos, e embora houvesse sol, instalara-se um frio que azulava as mãos e fazia tremer o queixo. A friagem entrava pelas narinas, percorria o corpo pelas veias e congelava os pés e as mãos. Ele enxergava, da janela entreaberta, pequenas lâminas de luz faiscando no relvado. Apurou a vista. Era o gelo formado durante a noite. "Como o mundo se renova. É uma celebração em minha homenagem." Pegou um poncho de lã que encontrou no cabide da sala. Ao vesti-lo, seus olhos bateram num retrato enquadrado do Imperador, desses cromos litográficos que se vendiam a um tostão na rua da Quitanda. O Imperador olhava-o, sentado à sua mesa cheia de livros.

Tinha, já, menos embaraço do que sarcasmo ao dizer "Bom-dia, Sua Majestade" – pensou, fazendo uma reverência. Lembrou-se do que lhe dissera Cecília: "D. Pedro é um homem como os outros". Por meios diferentes, constatava como ela estava certa, mais uma vez.

Foi perguntar a Chico Silva como poderia voltar para Bagé. Encontrou-o tomando mate, à frente da casa.

Disse-lhe que anotara os dados de que necessitava e que não era preciso falar com os empregados. Chico Silva quis saber, com um sorriso, como tinha passado a noite. O Historiador respondeu que fora uma noite impecável.

– O que é isso, "impecável"?

– Quer dizer: boa.

– Ah. Pensei que fosse outra coisa.

Mas o Historiador, querendo experimentar-se a si mesmo, ainda perguntou se Chico Silva conhecia alguém mais com seu nome.

– Sim. Ele vive entre Alegrete e Uruguaiana. É homem fino, não é como eu. O nome da estância é Estância das Graças. Se quiser, um peão pode lhe levar numa charrete. Mas aquilo é mui longe, leva dias, e o senhor, velho como é, pode padecer na viagem. – Chico Silva tinha uma estranha forma de agradar às pessoas, insultando-as.

Veio à memória do Historiador: a Estância das Graças era a única cujo nome constava no seu caderno nº 17, por conta daquela visita do plenipotenciário argentino. Deixara de anotar o nome do proprietário. Mas ele firmava sua convicção. Se fosse no rumo de Uruguaiana, uma outra e desconhecida Serra Grande surgiria do nada. Como num jogo de espelhos, os Franciscos da Silva iriam multiplicar-se ao infinito. Podia até imaginar suas caras, suas falas, suas ambigüidades, seus jogos de esconde-esconde.

– Não, obrigado – disse, sabendo que com essa recusa iniciava algo novo. – Preciso voltar.

– Pois o meu peão lhe deixa em Bagé, de charrete. – Olhou o Historiador de cima a baixo. – E ainda lhe dou de presente esse poncho, é feito com a melhor lã do meu campo.

– Aceito, e agradeço por tudo.

Estava quase eufórico. Queria voltar logo para Bagé, tinha esperança de ainda encontrar a dupla para rever a vitalidade do russo que, ao comer seus triviais ovos com toucinho, ensinara-lhe algo. Alguma coisa no interior de seus pensamentos subvertia-se: renunciar à busca, tendo a descoberta tão provável, era, em muitíssimos anos, seu primeiro ato de homem livre. Hoje, na voluptuosa sensação de quebrar o gelo com os tacões das botas, ele soube que estava no Sul, distante de tudo o que lhe impunha um determinado lugar no mundo. Estar no Sul significava estar em lugar nenhum. Mas velho, ele? Ao acenar em despedida, gritou:

– Não sou tão velho quanto você imagina, Seu Chico Silva.

40

Já no Hotel dos Viajantes, sentiu uma alegria: junto à calçada estavam Anton Antonóvich Tarabukin, o francês, os peões e toda a tralha. O hoteleiro ajudava-os na embalagem de uma tenda. O russo ergueu o boné e veio a seu encontro, dando-lhe os dois beijos.

O Historiador sentiu, naquele instante, que até então estivera à procura de Anton Antonóvich. Seduzia-o aquela busca ávida e insaciável de acumular aventuras, sem preocupar-se com os resultados.

Dez minutos foram suficientes para que Antonóvich dissesse o que procurava:

– Ouro.

– E já encontrou alguma coisa?

– Não. – Vieram para Bagé porque ouviram falar em alguns veios auríferos nas proximidades. Haviam passado o dia anterior preparando os equipamentos e hoje seguiam viagem. O hoteleiro interveio, dizendo que "lá para aquele lado" – e indicava umas serranias ao Nordeste – havia alguns veios à flor do solo. Ninguém ainda se dera ao trabalho de pesquisar. Adrien Picard exigia que não esperassem a tarde, deviam seguir logo.

– O senhor sabe – ele dizia ao Historiador -, dias parados não me rendem nada.

Três horas depois eles partiam na direção Nordeste. O Historiador, abafado no poncho de Chico Silva, ia numa charrete conduzida por um dos peões, e o russo e seu séquito, a cavalo. Três burros levavam a carga mais pesada. Traziam, pendurados nos arreamentos, vários lampiões de mineiro. Eram uma curiosa procissão. O russo insistira em pagar o aluguel da charrete, pois nela também carregava seus instrumentos e uma caixa de garrafas de vinho.

Toda história tem uma seqüência imprevisível, mas quando a vemos do fim para o início, ela se torna natural. Essa posterior anotação no vade-mécum resumiria todas as conclusões a que chegara o Historiador depois do longo diálogo que tivera com Antonóvich. Ele o convencera a acompanhá-los. Alegou – e o Historiador deixou-se acreditar – que Picard sabia de um Francisco da Silva "não longe das margens da ferrovia". ("Se o senhor nos tivesse falado antes o que estava procurando!") Iam mesmo para aqueles lugares. Se desse tudo errado, ele podia pegar o trem e rumar para Pelotas. Era mentira, naturalmente.

Depois dessa última noite na Estância do Baile, ele soube que, ao contrário do que sempre pensou, a vida não lhe impunha nada. O prazer da noite passara, como passa qualquer prazer, mas ficara o gosto de experimentar algo repentino e voluntário. No Rio de Janeiro ele organizava suas horas e minutos como um rito. O que antes lhe dava conforto era, ao mesmo tempo, o que o sufocava. O gesto de adorar o retrato da esposa, visto agora, era a vertigem que o fazia esquecer da vida. Rememorava aqueles dois dias que ficara frente ao túmulo e só agora lembrava de um fato: nada mais fizera além de repetir-se imagens filosóficas: "O sol e a morte não podem ser vistos fixamente. La Rochefoucauld". "A morte é uma impossibilidade que de repente se transforma numa realidade. Goethe." "A morte está escondida nos relógios. Belli." Assim vivia o drama a que se impusera, mas ia além, numa saturação de si mesmo. Recriminara-se por todas as desatenções que tivera com a esposa, pelas solidões que lhe impusera – e até pelos pensamentos rudes, meras expressões de sua incapacidade de sentir a ternura a que se julgava obrigado. Mas isso nunca lhe dera o sossego que ora sentia.

E o Imperador, tornado um homem como os outros, podia esperar pelo relatório. Talvez já nem se lembrasse da missão que dera ao seu Cronista da Casa Imperial.

41

Apesar de desenrolar mapas e desenhos, Picard aparentemente não tinha noção de onde iam. Muito menos soube informar onde ficava o estabelecimento de Francisco da Silva. Baralhava as informações, perdendo-se a cada instante. Antonóvich parecia não se incomodar.

O francês agora traduzia as palavras do russo:

– A grande vantagem do ouro é ficar procurando por ele.

O Historiador perguntou-lhe se não o atraía ficar rico.

– Não. Sou como esses nobres da Europa Central, que participam de caçadas só pelo prazer. Os animais mortos são apenas troféus nos pavilhões dos bosques.

O Historiador distraía-se com três seriemas no topo de uma grande pedra. Cantavam num som gutural, estrídulo e metálico.

Contornavam a margem de um rio. Ele evocou um escritor antigo de que não se lembrava o nome, por mais que forçasse a memória: o silêncio completo não existe, pois jamais um som poderá ser fracionado até o fim, sempre restará algo dele. Um sofisma semelhante ao da flecha que jamais atingirá o alvo. Essa passagem poderia ser apenas um sintoma de que seu autor – mas quem era, mesmo? – sofria de *Tinnitus Aurium*.

— Procurar por toda a vida é, no mínimo, curioso – disse, retomando o curso do diálogo.

— Mas eu quero morrer procurando – respondeu o outro, ao que o francês, depois de traduzir, acrescentou, só para o Historiador:

— Acho bom que ele pense assim. Isso só aumenta os dias que ele deve me pagar. É homem rico. – A voz do francês era afetada, nada confiável.

De fato, os modos de Anton Antonóvich possuíam a segurança e a amplidão de quem nunca foi pobre. Montava com o corpo ereto e levava aquele anel com um diamante. Não tinha necessidade alguma de garimpar ao sul do Sul de tudo.

Os ruídos iam cessando pouco a pouco, dando lugar ao zunir dos ouvidos.

42

No ilimitado verde do pampa, os pontos de referência confundem-se. Os peões não conheciam nada além de suas estâncias e seguiam as caóticas indicações de Picard. Dormiam em barracas. Haviam dado ao Historiador a maior de todas. Depois de armada, ficou do tamanho de uma pequena casa. Dentro dela, era possível estar-se de pé. A cama desmontável tinha condições de acomodar um gigante. Na longarina de madeira que servia de barrote-mestre, penduraram um lampião de mineiro. Em toda sua estada no Sul, ele não estivera tão bem instalado. Tinha longos sonhos.

– Não lhe falta nada – disse o russo.

Na sexta-feira pela manhã o Historiador foi acordado por exclamações. Anton Antonóvich subira a uma coxilha e lá de cima gritava e gargalhava:

– Estamos perdidos! – Abria os braços e girava o corpo pelos quatro pontos cardeais, arrebatado por essa descoberta. – Estamos perdidos!

– Não estamos perdidos – falou Picard, ríspido, ao Historiador. – Mostrava uma estranha bússola, cuja agulha dançava de modo suspeito. – São as erupções solares interferindo no campo magnético da Terra – disse, fechando a bússola e encerrando o assunto.

Chamaram o russo e reiniciaram a marcha. Picard explicava a posição em que estavam, e o russo escutava-o desatento. O Historiador já não poderia voltar sozinho para Bagé e não sabia o que pensar disso. Estar com aquela gente era uma experiência que o colocava num outro tempo, próximo ainda do instante da Criação. Esse sentimento, que era o primeiro em sua vida, ele não sabia como escrever no vade-mécum, nem sequer organizar as frases na cabeça. Suas palavras, palavras da Corte e dos livros de História, ali no Sul eram inúteis. Não adiantava anotar os nomes das árvores, nem dos pássaros, nem dos bichos que percorriam os campos. Se soubesse desenhar de modo artístico, talvez pudesse registrar aquilo tudo, tal como outros o fizeram, mas como descrever o cheiro, esse vento que corta o rosto e deixa azuladas as mãos – e mais: esse ar de infinita liberdade que se infiltrava nos membros e se propagava por todo o corpo?

Naquele momento, no bolso de seu colete, sem que ele soubesse, o Omega deixou de funcionar. Os dias e dias sem corda haviam danificado de forma completa o engenhoso mecanismo suíço.

Percorriam léguas e não enxergavam sinal de alguma estância. Não havia estradas nem cercas. Avistavam vacas e bois com marcas a ferro nas ancas, mas isso não queria dizer nada. A casa do proprietário poderia estar a dias de viagem, e para um lado incerto. Cada estancieiro tinha uma exclusiva marca para seu gado. As noites, preservadas pelo frio, apresentavam tantas estrelas que nem o fogo levantado pelos peões apagava-lhes a luz. Ele permanecia um tanto ao redor do fogo, escutando aquelas histórias sem fim e sem início. Ao retornar à barraca, acendia o candeeiro e abria o vade-mécum. Tentava escrever algo, e as linhas ficavam em branco. Gostaria que os ouvidos dessem alguma pausa em sua tirania. Agora, só lhe faltava o silêncio.

De repente lembrou-se do nome do escritor antigo: Horácio. Escreveu-o, antes de esquecê-lo.

43

E vieram dias em que apenas davam voltas pelo campo. Picard olhava na bússola:

— É por ali — embora fosse uma informação que nenhum acidente topográfico justificasse.

Numa dessas vezes, ao mostrar uma bússola diferente da habitual, foi possível ver que nela o Oeste estava no lugar do Leste. O Historiador perguntou-lhe se não havia algo errado com a bússola. O francês destinou-lhe um olhar rancoroso:

— Não me queira ensinar.

O Historiador também não quis perguntar por que seus mapas não guardavam relação alguma com o terreno que percorriam.

De resto, ele cada vez mais se impregnava daquela atmosfera que o punha tão longe de todas as suas preocupações, em especial aquela, a maior, a que o trouxera à Província. O Monarca lá estava, em seu Paço do Rio de Janeiro, e o Império subsistia sem o seu Cronista. Encontrar ou não encontrar Francisco da Silva tornara-se irrelevante, um luxo de exatidão oficial. Deitou-se na grama, a cabeça apoiada nos braços trançados. Dali via o azul puríssimo do céu do pampa. O frio era menos rigoroso e soprava um vento de quase primavera. Estava, se pudesse pronunciar a palavra e se os ouvidos cessassem com sua crueldade, feliz.

— Aqui — um peão gritou. — Aqui! — O russo e Picard comiam um espeto de ovelha. Largaram aquilo e se apressaram. Antonóvich corria de forma cômica, as pernas grossas como pilões socando a terra.

Era numa ravina baixa, outrora o leito de um riacho. O peão estava de cócoras, batendo sua picareta numa pedra que cintilava, mesmo à luz daquele dia claro. O martelinho fazia plic-plic-plic, um ruído que, misturado aos sons confusos dos ouvidos, era como algumas pedras de gelo caindo em meio a uma chuvarada. Picard parecia o mais surpreso de todos. Antonóvich esfregava as mãos, contente. Na crista da pedra, onde as marteladas haviam feito uma pequena ranhura, surgia certa linha irregular de algo amarelo que fuzilava ao sol. Era a primeira vez que o Historiador via ouro em estado bruto. Picard foi buscar na charrete uma caixa de frascos coloridos, cheios de líquidos. Pegou uma pequena bandeja de metal, coletou algo do ouro e pingou gotas alternadas extraídas por pipeta de dois frascos. Saiu um pequeno fio de fumaça. Olhou para o russo.

— Do bom — disse, espantado.

Em dois dias os peões, à custa de picões e pás, haviam revolvido um montão de terra. O filão, contudo, sumia em meio às rochas, e quanto mais cavavam, menos ele aparecia.

— *Merde*. — Picard tirara o casaco, o colete e a camisa, cavando junto. — Se eu achasse algum ouro, pelo menos me recuperaria do tempo que fiquei sem ganhar nada.

No dia seguinte, abandonou aquela possibilidade. Anton Antonóvich, ao contrário de seu sócio, estava exultante. Já perguntava a Picard para onde iriam.

– Agora para sudeste.

O Historiador por acaso descobrira que Picard mantinha uma contabilidade de seus créditos ante o russo. Usava um caderno de *deve-haver*, e deixara-o aberto sobre o baú de viagem. Num relance o Historiador vira que o francês multiplicava por dois e por três os dias em marcha.

44

Havia um rancho coberto de palha junto a um capão de mato. Era o posto em que um peão vivia sozinho. Deveria ter uns setenta anos pelos próprios cálculos, usava um chapéu esfiapado e mancava. Vendo apear aquele grupo, correu a esquentar água para o mate. Cobria-se com um poncho que visivelmente fora de outro. Contou histórias com uma linguagem pitoresca, riu com um único dente e perguntou se não tinham cachaça. O russo, que se admirava com aquela raridade humana, ofereceu-lhe uma garrafa de vinho.

— Não conheço isso, deve fazer mal — disse o velho. Foi vencido pela insistência. Enquanto levava o gargalo à boca, olhava de viés para Anton Antonóvich. Bebeu, fez cara feia, devolveu a garrafa. — Esse senhor, quem é? É Santo Antônio?

Quando Picard traduziu a pergunta, o russo ria de sacudir a barriga, e saiu repetindo para todos que fora confundido com Santo Antônio.

Enquanto transcorria aquela conversa, o Historiador olhava para uma montanha na direção Leste:

— Se não estou enganado, aquela é a Serra Grande? — perguntou ao velho.

— Sim, senhor.

— E qual é o nome desta estância?

O peão tirou o chapéu:

— Santa Quitéria.

Algo reatava-se na cabeça do Historiador.

— O senhor sabe da visita do Imperador, faz muito tempo?

— Se sei? — E contou sua história: não vira o Imperador, porque não saía daquele rancho, mas vira de longe um monte de gente fina, que vinha pelo campo, e eram carroças com cobertura e mais carroças, e corneteiro tocando corneta, e tinha muitas bandeiras, e tinha muitos soldados vestidos de amarelo e verde, e montavam cavalões dessa altura e faziam uma fila que não tinha fim e parecia acabar no céu. Aquilo era o Imperador que passava, isso lhe disseram depois. Ele nunca mais viu nada igual.

Apontar na direção da casa da estância foi fácil para o velho.

— Mas se o senhor vai até lá, cuidado. Aconteceu tristeza.

Não valeram todos os pedidos, o velho negava-se a falar. Ele que fosse ver com os próprios olhos, era caso mui triste.

À noite na barraca, à luz do candeeiro, o Historiador abriu o vade-mécum ao meio, lá estava seu mapa. Desenhou uma linha que voltava de Bagé e encontrava-se de novo com a estância sobre a qual anotara: *Estância Santa Quitéria. Francisco da Silva 2*. Olhou para o riscado que fizera sobre uma palavra. Com a passagem dos dias a tinta secara, deixando ver, tênue mas visível, o nome *Lisabel*.

Amanhã mesmo iria lá. Os dois que esperassem por ele.

45

Quando apeou em frente à Santa Quitéria, logo pressentiu que o velho não mentira. As janelas, fechadas, deveriam deixar a casa em penumbra. Sobre a verga da porta colocaram um fúnebre par de palmas cruzadas. Ao capataz, que lhe veio conter o cavalo, ele perguntou o que acontecera com os patrões.

D. Augusta surgiu na varanda. Vestia-se de negro e trazia sobre a cabeça um véu de filó. Reconheceu seu hóspede, mas não sorriu. Veio até ali e deu-lhe a mão a beijar. Fez um gesto para que entrasse. Não estava mais na sala o piano. O espelho oval agora cobria-se por um morim tingido de preto. D. Augusta indicou-lhe uma cadeira. De pé, escandindo com nitidez as palavras, o Historiador perguntou o que sucedera. Ela observava-o por debaixo das pálpebras. Era um olhar turvo e perigoso. A empregada dos cabelos grisalhos, até então a um canto, moveu-se:

– Grande desgraça depois que o senhor foi embora, senhor doutor. – À medida que a empregada ia relatando os acontecimentos, o Historiador sentava-se, incrédulo. Uma noite, a menina Lisabel havia tocado piano. Depois voltara para o quarto, e então escutaram o tiro. Foram até lá e encontraram a menina deitada na cama, com uma pistoleta na mão e um buraco de bala no meio da nuca.

Era a arma que faltava na parede e ninguém sabia onde estava. – O senhor doutor não pergunte por que ela se matou, porque ninguém sabe. – Deu um suspiro – O patrão vai ter um grande desgosto quando voltar do Rio de Janeiro. Ele tem amor de loucura pela filha.

– A menina não deixou nada escrito, nenhum bilhete?

Não, não deixara. O Historiador voltou-se para D. Augusta:

– Meus sentimentos, minha senhora.

Ela o convidou para ir ao quarto de Lisabel, o que ele tentou recusar; mas o pedido foi imperioso.

Por primeira vez ele entrava num quarto de moça. Numa pequena estante na parede, seus olhos peritos contaram uns vinte livros. Todos estavam encadernados em vermelho, e as lombadas não traziam os títulos. Foi com algum pudor que viu a cama e sua colcha de babados, a janela com a cortina imaculada, o pequeno baú do enxoval. D. Augusta pegou da gaveta da cômoda um maço de cartas presas pelo tope de uma fita-mimosa de cor azul-pálido. Mostrou-as, ele baixou os olhos, fez um gesto de que não deveria ver. Ela sorriu e, enquanto repunha o maço no lugar, algo aconteceu: uma minúscula pluma, branca e leve, jazia sobre a fronha de cambraia. Alguma aragem levantou a pluma que, voejando, fez um círculo ascendente, vacilou no vazio e veio pousar, com suavidade e graça, na mão estendida do Historiador. Guardou-a no bolso. Esse movimento íntimo não foi observado por D. Augusta, e o Historiador reteve-o na memória dos seus segredos. Então, como se durante esse fato o cérebro continuasse a trabalhar, ele perguntou, e seus lábios eram observados, onde fora sepultada a menina.

Logo subiam a pequena coxilha aos fundos da casa. Era o cemitério familiar. Ao lado do túmulo antigo de arenito, que ele conhecia, agora havia o característico monte de terra fresca, em cuja cabeceira fincara-se uma cruz. O que deve ser feito, ele o fez: traçou um sinal da cruz e baixou os olhos. Aquela vida cumprira-se. "Tudo está certo, nada há que possa ser diferente." Começava a soprar um vento suave, em intervalos, que trazia até ali o perfume dos primeiros jasmins. D. Augusta veio para a frente do Historiador, ocultando-lhe a visão da cova. Fazendo o gesto habitual quando desejava que lhe prestassem atenção, levou os indicadores aos cantos dos lábios.

– Sim? – ele perguntou.

D. Augusta mostrou a cova e fez-lhe um sinal de "não" com a cabeça. Ele entendeu que não deveria mais ocupar-se com aquilo, com aquela morte, aquele mundo de Lisabel. Ela procurou seu braço, e assim desceram a coxilha.

Em casa, ela escreveu: *O senhor deve esquecer a louca.*

Ao ver a tenebrosa imagem da Santa sem cabeça, ele teve uma intuição aterradora. Não podia ficar mais um minuto ali. Algo monstruoso acontecera entre aquelas paredes e muito além do que ele ousava pensar. No momento em que escreveu: *Com sua licença, preciso ir embora*, o olhar de D. Augusta foi trespassado por uma sombra de raiva e desencanto. *Pois vá. Nunca mais volte.* Deixou-o só. O homem da charrete chamava-o, precisavam ir embora para não pegarem a noite no caminho.

Ele pôs um pé no estribo. Aquelas duas mulheres ficariam como um mistério. O tiro na nuca, o impossível tiro dos suicidas, comporia esse enigma. Nenhuma história tem começo e fim, isso só acontece nos romances. Só conhecemos fragmentos. São esses pequenos trechos que, somados, nos oferecem a ilusão de que a vida é uma história única. Pediu ao cocheiro para apressar-se: precisava colocar à distância, e logo, a sua esmagadora dúvida. "Um drama cruzou por debaixo dos meus olhos. Só me salvou o perdão de uma pluma. Preciso esquecer o irremediável." Ele jamais soube, mas a dor e o luto fizeram com que Francisco da Silva proibisse para a eternidade a pronúncia do nome de sua filha. D. Augusta fora expulsa de casa e mandada para seus pais. O quarto de Lisabel foi esvaziado. A lembrança daqueles acontecimentos perdeu-se das memórias de todas as seguintes gerações a Santa Quitéria.

46

Encontrou Adrien Picard e o russo ao pleno ar livre. Jogavam cartas sobre uma mala, saudaram-no. Antonóvich achou-o pálido, sentia alguma coisa? Esperavam-no para seguir um itinerário caprichoso, traçado por Picard no mapa que agora lhe mostrava. Já era o terceiro mapa; cada um deles parecia cópia do anterior, mas os pontos cardeais estavam em lados opostos. O Historiador seguia o dedo fino do francês, mas sua cabeça, seu pensamento, sua alma, ainda estavam na estância Santa Quitéria.

O russo via imensos recursos escondidos no subsolo, e vez por outra dizia, mesmo em sua língua, a palavra "prata" em vez de "ouro". Em outras ocasiões era "ferro", ou "diamantes". Falava assim como dizemos carpas e linguados, apenas com a fortuita cobiça de quem pesca.

Na manhã imediata desarmaram as barracas, reuniram as matalotagens em baús e sacos de lona de formatos curiosos. O tempo ajudando, fizeram naquele dia o itinerário de uma légua. O pampa tornava-se ainda mais plano, e as coxilhas escasseavam. Durante todo aquele trajeto nada mais viam além dos animais soltos por sua própria conta. O Monarca do Brasil jamais poderia imaginar que em seu vasto império havia solidões tão amplas e perdidas. Precisava que Sua Majestade percorresse aqueles páramos sem o apoio de suas berlindas, seus camaristas, seus oficiais, seus palafreneiros. Precisava conhecer o pampa sem os corneteiros, sem bandeiras, sem ajudantes de ordem, sem nada que simbolizasse uma Corte. Ao chegar a noite, deram-se perante a margem de um rio.

Picard abriu seu quarto mapa. O Historiador foi buscar o seu *Mapa do Confrade* e verificou. Estavam no mesmo lugar em ambas as cartas, mas os rios tinham nomes diferentes. O russo perguntou o que eles falavam. Inteirado, apeou, foi até a margem e, fazendo uma reverência, foi dizendo algo que o francês traduzia:

– Como tens muitos nomes, rio, eu te chamo a partir de agora de Rio do Ouro.

Picard praguejou.

No dia seguinte prepararam-se para transpor o rio, já que os peões vinham dizer que dava passagem desde que amarrassem as malas e caixotes nos lombos dos burros. A charrete iria sem dificuldade, por causa do rodado alto. Começaram a travessia. A torrente era mais profunda do que haviam informado. Os burros tentavam nadar e aos poucos a linha dos animais se desconjuntava. O russo lançou-se na água e, com braços de Hércules, puxava os animais pelo cabresto – mesmo assim um deles afundava a cabeça na água. Soltavam-se as amarras das bagagens e logo o Historiador viu sua mala descendo correnteza abaixo. Picard gritava como louco, um peão saiu ao encalço, nadou até um ponto bem abaixo e de lá deu volta, dizendo que era impossível alcançar a mala. Iam-se pelas águas as roupas, os livros, os sapatos sobressalentes. Tudo o que Cecília ternamente arrumara ali dentro. Ainda tinha consigo a valise cinzenta, com o caderno nº 17, seu vade-mécum, uma camisa, uma ceroula e um par de meias. Na verdade, o Historiador não perdera nada, já que tinha a si mesmo e a suas poucas memórias.

Ao escrever a data no vade-mécum, dava-se conta de que se aproximavam do aniversário de Francisco da Silva da estância Porteira de Ferro. Custou um pouco a escrever, pois hoje o tremor da mão, sempre imprevisível e inevitável, era mais forte. Pegou o Omega e deu corda sem olhar o mostrador. Ao amanhecer, constatou que os ponteiros não se movimentavam mais. Sacudiu-o junto ao ouvido. Teria de fazê-lo consertar no Rio de Janeiro.

47

Abrigavam-se da chuva numa caverna. Estavam ali desde o dia anterior. No chão havia vestígios de antigas fogueiras. O russo batia nas paredes com a picareta de geólogo, dizendo *niet, niet*. Picard, junto à boca da caverna, lia uma página rasgada de um jornal que servira para embrulhar o teodolito. Rosnou:

– *Merde*. Mais um dia parado.

Enquanto um peão cozinhava charque com arroz numa panela negra, pendurada num tripé de ferro, os outros jogavam truco com suas cartas ensebadas. Os lenhos rústicos crepitavam e lançavam fagulhas ao serem consumidos pelas chamas. A panela transbordava e a fervedura, escorrendo pelas beiras da panela, erguia um chiado de espumas. O Historiador escrevia, para que suas sensações ficassem bem frescas na lembrança: aquele lugar era lugar algum. Os sons que escutava nas últimas semanas incorporavam-se a um inventário de raridades, guardadas como surpresas: e era o ramalhar das enormes frondes das figueiras, anúncio do minuano; e era o som de trombones produzido pelo vento quando saía dos capões de mato; eram as bigornas dos pios de certas aves, pequeninas demais para fazerem tanto ruído. Ainda havia o troar dos trovões, que se ampliava por todo aquele infinito pampa, dobras de campo e capões de mato. "E devo lembrar do grasnido das marrecas que passam em vôo de grande altura, regressando para a estação que se anuncia. São impressões salvadoras." Para quem sempre vivera numa cidade à beira do mar, aquela imensidão de terra produzia seus próprios bramidos, fortes e sonoros. Todos eram sons bem-vindos, pois a novidade de escutá-los quase o fazia esquecer de sua tortura.

Silêncio era o que agora experimentava Lisabel, em suas paisagens de eternidade e morte. Para ela acontecera apenas um último ruído, aquela bestial explosão da pólvora, para depois instalar-se o silêncio eterno. Ele ia escrever *uma vida perdida, pobre moça*, mas ficou com o lápis no ar. Era uma de suas antigas frases, mas não era dele, e sim das inúmeras obviedades a que se habituara. Escreveu: *Teve uma vida curta, mas cheia de paixão*. Ficou olhando a frase, sem saber se concordava. Despertou-o um leve toque em seu ombro. Era Anton Antonóvich que, olhando de viés para Picard, fazia um gesto dissimulado, convidando-o para segui-lo. Ele pegara um dos lampiões de mineiro e com seu enorme corpo ia abrindo caminho por dentro da caverna. De início andavam sem dificuldade, mas logo o ar começou a ficar escasso, e a escuridão, mais densa. Estreitava-se a passagem, era preciso baixar a cabeça. O Historiador não sabia por que se deixava levar daquela forma, mas havia um mistério na atitude de Anton Antonóvich. O russo descobrira algo, e era inegável que não desejava compartilhar com Picard. Aos poucos o cheiro de vegetação, de barro e terra era substituído pelo ranço do suor alcoólico daquele gigante cujas botas eram do tamanho de um braço. Andavam quase de gatinhas, e o Historiador descobria, espantado, que dali por diante a passagem fora aberta por mão humana. As paredes, embora improvisadas, seguiam um certo alinhamento. Alguém já estivera ali. Mas aquela exploração era para homens jovens. Precisava avisar ao russo que dali por diante seguisse sozinho. Não foi preciso: Anton Antonóvich havia parado e agachara-se, sentando-se nos calcanhares. Aproximou o lampião do rosto do Historiador, e logo em seguida conduziu-lhe o olhar à parede. No clarão circular revelava-se uma estria luminosa e amarela. Era ouro, um veio largo como dois dedos unidos. O russo pegou da cintura a minúscula picareta de geólogo e bateu com a ponta mais aguda. O filão alargou-se para dentro da rocha. Ele sorria e apareciam seus dentes enormes. Bateu mais, e quanto mais investigava, maior se tornava o filão. Olhou para o Historiador, sorrindo. Era um gigante sorrindo. Arregalou os olhos e pôs o dedo grosso sobre os lábios. O Historiador concordou com a cabeça. Ainda ficaram um pouco, na contemplação daquela secreta riqueza.

Regressaram, e ao chegarem à boca da caverna, Picard levantou os olhos do pedaço de jornal que já deveria estar lendo pela décima vez e perguntou algo em russo. Anton Antonóvich meteu a mão no embornal e de lá retirou umas pedrinhas que lançavam fulgurações alaranjadas.

– Cobre – disse Picard, com um erguer de ombros. E voltou para a leitura.

Anton Antonóvich fitou o Historiador, piscou o olho. Logo o peão cozinheiro servia os pratos de folha de flandres. Amainando a chuva, o francês decidiu que iriam levantar acampamento naquele instante e seguir em frente. Apontava num quinto mapa um ponto qualquer a sudeste. O russo esfregou as mãos, contente, ao que Picard olhou-o com indiferença hostil. O Historiador, entretanto, que já conhecia o sabor da renúncia, entendera as razões do russo. Aceitando a busca permanente, enganando e deixando-se enganar, Anton Antonóvich era outro a cada momento. Isso só acontecia porque sabia abrir mão das descobertas. "Renunciar é o ato mais livre do homem, e só descobrimos isso na metade da vida."

48

Não foi preciso que ele se lembrasse dos cem anos de Francisco da Silva. Um mensageiro a cavalo alcançou-os dois dias antes, trazendo mensagem da estância. A letra, tremida e primária, era igual àquela da petição. Mas já não importava. Podia, sim, ser aquele o desejado Francisco da Silva. Se fosse, os fatos seriam encaminhados para isso. Encontravam-se acampados próximos à Porteira de Ferro. Naquelas paragens sem marcos, é fácil imaginar-se distante quando se está perto. Havia o caso de um viajante que fora encontrado morto à míngua, estando a menos de um quilômetro da casa que procurava. No mar também acontecem essas coisas, e algum poeta provincial com certeza repetiria: "O pampa, senhores, o pampa é como um mar verde e imóvel!".

Era noite. Picard e Antonóvich jogavam cartas dentro da barraca. Os mosquitos da primavera os devoravam e as mariposas faziam revoluções em torno da chama de uma vela fincada num gargalo. Há muitos dias que não se punham de acordo sobre que lado deveriam seguir, e agora disputavam nas cartas o direito de indicar a direção. Ele veio sentar-se ali junto. Não deram por ele, tão empolgados estavam com a aposta. Picard, entregue à realidade de que jamais encontrariam ouro naquela odisséia, na aparência entregara-se à infantil loucura de Antonóvich.

— Alguma coisa eu vou ganhar com esse russo rico – ele dissera. A frase não passou despercebida pelo Historiador.

Deixou-os jogarem até o momento em que Antonóvich, largando em leque as cartas, proferiu uma alegre exclamação. Ganhara.

— Uruguai – disse, indicando o Norte. Picard corrigiu-o, levando-lhe o dedo para o Sul.

— Uruguai então. – Vendo ali o Historiador, piscou-lhe o olho.

Era o momento de abandoná-los. Disse-lhes que não poderia seguir adiante. Seu destino, agora, era a estância Porteira de Ferro e depois o Rio de Janeiro. Precisava escrever seu relatório para Sua Majestade. Disse isso com um sentimento que, no primeiro instante, pareceu-lhe de alívio, mas que depois constatou ser de grande pesar. Quando foi para sua barraca, os ouvidos cheios dos pedidos de Antonóvich para que os acompanhasse ao Uruguai, decidiu a não deixar com os dois o seu endereço. Preferia abandoná-los assim, pairando numa indefinição sem memória, com seus mapas falsos e suas bússolas viciadas.

49

À beira da estrada de ferro, sentiam o zunir do vento. A despedida, ele sabia, era para nunca mais. Coincidências podem acontecer, mas não três vezes. Anton Antonóvich estava com os olhos virados para uma pequena macega e lamentava em russo alguma coisa que Picard não traduziu. O Historiador tinha certeza: aqueles dois seguiriam em frente, até palmilharem todo continente. Depois disso, Antonóvich percorreria outras regiões do mundo. Sempre encontraria alguém tão louco para acreditar em seus projetos ou tão esperto para lográ-lo.

Escutaram o apito do trem. Os peões foram para o meio dos trilhos e agitavam grandes ramos de árvores. O trem soltava vapores de água junto aos pistões, os campos foram atravessados pelos guinchos do atrito de metal contra metal. O trem estacionou; o maquinista, apeando, vinha preocupado e furioso. Picard, usando sua condição de estrangeiro, e sabendo o quanto isso impressionava os da terra, explicou-lhe o que se passava. Deu resultado, o maquinista consentiu recolher aquele passageiro surgido no meio do campo. Na sua aversão a despedidas, o Historiador deu as costas à dupla. Ensaiava colocar o pé na plataforma do primeiro vagão quando foi alcançado pelas mãos possantes do russo.

– Amigo – disse em português. Anton Antonóvich Tarabukin abraçou-o, deu-lhe dois beijos. – Amigo.

Houve um momento em que o Historiador vacilou, mas, mantendo-se fiel a seu propósito, subiu para a plataforma e, entrando no vagão, atirou-se no primeiro banco. Teve então uma idéia: voltou com a rapidez que podia, foi ao encontro de Anton Antonóvich e entregou-lhe o Omega:

– É um presente. Também é ouro.

O russo olhou o relógio, olhou o Historiador, e pelo tom das palavras e pelo gesto, entendera. Alegre, abraçou-o, beijou-o, agradecendo na língua universal do século:

– *Merci, merci* – e guardou o Omega no bolso.

De volta a seu lugar, o Historiador viu que estavam no vagão mais dois passageiros, que levantaram as cabeças para avaliar quem causava aquele transtorno. Deveria ser alguém importante, talvez um barão, concluíram ao examinar melhor aquele cavalheiro de cabelos brancos que agora tentava acomodar uma valise cinzenta no guarda-malas sobre a cabeça. A locomotiva começou a movimentar as pesadas rodas. O Historiador sentiu desejo de ainda olhar para fora, mas manteve-se firme. Havia um véu de água que ele enxergava e que dissolvia tudo o que estava à frente. Em poucos minutos a composição desenvolvia a velocidade favorável ao devaneio. Ele só abriu os olhos quando tinha à frente a placa PEDRAS ALTAS. O agente da Estação apressou-se a receber os passageiros que vinham de Bagé. Surpreendeu-se ao vê-lo. Antes que começasse a falar como um celerado, o Historiador pediu-lhe que chamasse Isidoro.

Isidoro alegrou-se ao vê-lo. Tirou o chapéu e fez-lhe uma imensa saudação, quase encostando a aba no solo. Declarou que estava pronto para servi-lo, aonde queria ir? Estância Porteira de Ferro de novo? Certo. Depois, fazendo um olhar desconfiado, perguntou-lhe se iria demorar muito.

– Depende. Pode ser um dia, dois, não muito mais. Preciso resolver uma coisa.

Ao sentar-se à boléia, o Historiador recuou as pernas, aterrorizado: no piso da charrete enroscava-se uma enorme víbora.

– Está morta. É uma cascavel. Matei com um tiro, tirei as tripas, enchi ela de palha e larguei aí. Só assim eu vou perder o medo de cobra. Uma pessoa não pode viver sempre com medo.

O campo reverdecia ao sabor dos inícios da nova estação, e apontavam florzinhas amarelas, iguais a pequenas margaridas. Numa baixada, junto a uma sanga, duas capivaras encostavam-se uma à outra. O Historiador soube, mais uma vez, como pode ser bela a primavera do Sul.

– Você tem razão, Isidoro. Nem sabe como.

Quase ao meio-dia estavam na Porteira de Ferro. Sob a magnólia havia uma larga e comprida mesa, servida. A enorme árvore, agora, já apresentava suas gigantescas flores de pétalas rijas como cerâmica branca esmaltada. As flores misturavam-se a algumas bandeirolas de papel. Chegavam quase ao mesmo tempo algumas charretes com pessoas vestidas de domingo. Eram mulheres com chapéus de sol e homens sérios.

– Tem festa grossa por aqui – disse Isidoro.

— São os cem anos do estancieiro.

O Historiador foi acolhido com espanto e alegria. Certamente Francisco da Silva não avisara os familiares do convite. A estancieira usava o broche da cobra mordendo a própria cauda. Ele explicou que não poderia ir embora para a Corte sem vir dar o seu abraço. Fez um cálculo mental:

— Ele nasceu no ano da Revolução Francesa. — Todos se admiraram da coincidência, embora perguntassem do que se tratava.

Aceitou um cálice de vinho do Porto, seco. O filho do estancieiro o apresentava aos convidados. Postos a par de sua missão na Província, todos lhe queriam dizer que haviam hospedado o Imperador em suas estâncias. Por duas horas contaram casos, falaram na famosa cama e de como o quarto de Sua Majestade tornara-se objeto de cuidados. Nenhum ousara ocupá-la de novo. Cada qual quis ser mais veemente e acrescentavam-se pormenores. O Historiador somava o número das estâncias que haviam recebido Sua Majestade, e era superior aos dias da estada da Comitiva Imperial na Província. De repente, ao escutar aquelas histórias e ver aqueles rostos, deu-lhe uma sensação de estar ante o fim de uma raça. Todos aqueles poderiam chamar-se Francisco da Silva, todos os que chegavam tinham a cara de Francisco da Silva, e quando se apresentavam, ele escutava, entre seus zumbidos, o mesmo nome. Atordoado, dispensou a companhia do filho do estancieiro e procurou um lugar à sombra.

— Seja bem-vindo, senhor doutor.

Voltou-se: era Francisco da Silva, com sua casaca

negra e seu ar ancestral. Era a primeira vez que o Historiador falava com alguém de cem anos.

– Vim cumprir a minha promessa. Congratulações.

– Congratulações por quê? – E o estancieiro saiu a perambular entre os convidados. Pegava-os pela manga, tentava falar-lhes. Alguns poucos lhe davam atenção, diziam qualquer coisa e voltavam a seus assuntos.

O Historiador foi convidá-lo para sentarem-se juntos.

– Vamos fazer melhor – disse o estancieiro. – Vamos lá dentro de casa. Quero lhe mostrar aquela caixinha que lhe prometi na outra vez.

Foram, e ao penetrar de novo na sala, o Historiador reafirmou sua certeza de que lá estivera com o Imperador, havia vinte e um anos. Deu-lhe uma breve esperança de que tudo iria deslindar-se.

– Aqui ficamos melhor. – Francisco da Silva indicava-lhe uma cadeira forrada por um velo de ovelha. Estavam em um aposento junto à sala, uma espécie de gabinete que ele não notara na visita anterior. Francisco da Silva sentava-se atrás de sua mesa, onde havia papéis antigos, um mapa da estância e um tinteiro de prata. – O senhor doutor gosta de papéis. Tenho o que lhe mostrar. – Pegou da prateleira uma caixa retangular de mogno lustrado, que não era tão pequena. Abriu-a com uma chavezinha de prata. Seria algo extraordinário que agora, quando havia renunciado à descoberta e isso não mais lhe importava, aquele fosse o verdadeiro Francisco da Silva.

– Aqui são cópias das cartas que mandei para o Presidente da Província.

Foi o começo de um rol interminável de correspondências várias, começando pelas mais antigas, do tempo da Revolução dos Farrapos. Essas ainda eram longas, e a letra, segura e decidida. Havia ali uma espécie de impertinência, que o fazia escrever sobre qualquer tema, e todas terminavam com um pedido, que ia desde a abertura de uma estrada à instalação de um chafariz público. Opinava sobre as rendas públicas e sobre a Guerra do Paraguai. Com a sucessão das datas, porém, os textos ficavam menores e quase indecifráveis.

– Alguma vez o Presidente da Província respondeu-lhe?

– Nunca. Quero lhe mostrar, agora, as que escrevi ao Imperador. – Fez um sorriso e passou um maço ao Historiador. Vinham enfeixadas numa fita com as cores do Império.

As primeiras cartas manifestavam alegria pela coroação de Sua Majestade; depois, com uma freqüência anual, tratavam de todos os momentos políticos da nação, primeiro aconselhando, depois pedindo. Da mesma forma que as anteriores, eram cada vez mais econômicas e toscas.

– Tenho também estas. – Francisco da Silva pegou de uma gaveta outro maço, e numa rápida vista de olhos, o Historiador viu ali cartas para todas as autoridades imperiais e provinciais, e ainda às personalidades da Igreja.

– Espere – disse o Historiador. Alguma coisa organizava-se em sua cabeça: alguns fragmentos já lidos voltavam-lhe aos olhos. Pediu para rever as cartas ao Imperador. Com paciência, tentou ler uma a uma. Com um arrepio na raiz dos cabelos, constatou que várias, numa sucessão frenética, continham pedidos de concessão de títulos que iam de Barão do Arroio Grande a Visconde de Caçapava. Eis a verdade: Francisco da Silva era um maníaco escritor de cartas. Desde sempre escrevera-as. Embora não visse a carta desejada, era certo que fora ele quem escrevera a petição que estava na mesa do Imperador. Faltava esclarecer a doação feita à Cúria.

— Na minha anterior vinda, o senhor me falou num dinheiro que deu à Cúria de Porto Alegre.

— Sim. Um conto e duzentos e trinta e dois milréis. Tenho o recibo passado pela Secretaria do Bispado. – Começou a remexer numa gaveta.

Lá fora tocavam um sino. Apareceu a estancieira dizendo que reclamavam a presença do marido para começarem o almoço. O Historiador esperava com ansiedade a descoberta do recibo e pedia dois minutos a mais para examinar um documento que seria de muita importância. A estancieira teve um clarão de impaciência nos olhos:

— Meu marido, como o senhor doutor já deve ter notado, não sabe o que faz. – Pediu que o Historiador devolvesse o que estava lendo, aquilo eram papéis que só interessavam aos da casa. Tomando-os, guardou-os na caixa de mogno. Fechou-a com a chavezinha de prata e guardou a chave entre os folhos do vestido. – E agora vamos para a festa, que estão esperando. O senhor doutor será nosso convidado de honra. – Pegou o marido pelo braço. Francisco da Silva ainda fitou o Historiador, e havia um desastre naquele olhar.

Na abertura do almoço o filho ergueu-se e pediu silêncio. Fez uma saudação elogiosa às capacidades intelectuais do ilustre visitante e pediu-lhe que saudasse o pai em nome de todos.

Ele tentou desculpar-se, não estava preparado, mas depois de uma salva de palmas, o discurso seria inevitável. Disse algumas palavras de circunstância sobre os centenários, falou na impiedade da Revolução Francesa e terminou erguendo um brinde ao aniversariante. O estancieiro transformara-se naquele homenzinho triste e sem vida, esmagado entre a mulher e o filho.

Depois do almoço, levaram Francisco da Silva para a sesta. O Historiador ainda implorou à estancieira que o deixasse consultar os papéis do esposo. Poderia encontrar algo de muita utilidade para o livro que iria escrever.

— Eu já lhe expliquei — ela respondeu. Seu olhar era parado, como o de uma víbora à espreita. — O senhor não irá encontrar nada.

"É o fim. Preciso ir mesmo embora."

Da charrete, ele ainda viu na janela Francisco da Silva, que lhe abanava com sua mão magra, feita quase só de ossos. Mas o que temiam, naquela casa?

— Então, doutor? — era Isidoro. — Estava boa, a festa dos graúdos?

— Não. Às vezes o medo deixa as pessoas loucas.

— Claro. Eu, por exemplo, se não tivesse botado essa cobra aí, eu ainda era um homem medroso. Vamos para onde? De novo para a Santa Quitéria?

Ouviam-se, ainda, as risadas da festa.

— Não. Estação de Pedras Altas.

50

Ele fazia a barba, no quarto da Pensão Ideal. Pela janela entrava a maresia do porto de Rio Grande. Acabara de ler todo o *Jornal do Commercio* do Rio de Janeiro, e já não havia notícia alguma a respeito da febre. Sobre a cama pousava o bilhete que lhe haviam trazido dez minutos antes: "Se o senhor ainda quiser falar comigo, estou na portaria. Atenciosamente, Francisco da Silva". Era uma letra pueril. Sim, lembrava-se de, na vinda, haver perguntado ao dono da pensão se conhecia alguma pessoa com aquele nome. Parecia que alguém se apresentara, e ele o mandara embora. Eram idéias vagas. Limpou o rosto com uma toalha molhada, desceu.

O homem, de modo raro, estendeu-lhe a mão esquerda para cumprimentar. Apoiava-se numa bengala. Cinco fios de cabelo tingidos de negro mal encobriam a calvície. A casaca, apesar do bom pano, estava puída junto à gola e exalava um vago cheiro de armazém e depósito. Disse:

– Bom-dia, doutor. Algum tempo atrás me mandaram chamar aqui na pensão. Vim, e me mandaram embora. – Revelava um considerável acento de Portugal. – Agora, quando me falaram da sua volta e eu soube o seu nome, resolvi perguntar se ainda precisa falar comigo. – A face direita não possuía expressão alguma. – Afinal, já o conheço. Só que agora virei comerciante.

— Não diga. — Para resolver o assunto de imediato, e sabendo que perdia seu tempo, o Historiador passou a explicar-lhe sua missão. Francisco da Silva não o deixou concluir:

— Pois bem. Eu sou eu mesmo. Escrevi ao Imperador com o que me resta de movimento nestes dedos, depois que tive uma congestão cerebral. O Imperador me prometeu esse título de que o senhor fala, Barão da Serra Grande.

Aquilo era mentira. Fácil demais, que o procurado se reduzisse àquele ser trivial, e que uma congestão no cérebro fosse responsável pela má caligrafia e pela pequenez do requerimento. Precisava esclarecer o caso. Convidou-o para irem até a praça em frente. Havia um fontanário de bronze com a figura de um silencioso golfinho. No banco de ferro, pintado de verde, ele pediu-lhe que contasse como fora a estada de Suas Majestades. O homem então disse que no passado fora estancieiro. Narrou a história com todas as circunstâncias, e nesses fatos o Historiador entrava como coadjuvante: dormira uma noite na estância, participara de um jantar, ficara conversando até tarde etc.

— Bons tempos — disse Francisco da Silva. — Bons tempos em que eu ainda podia manter uma estância. — E esclareceu que sem filhos para tomarem conta, tivera de vender aquilo depois do ataque. Estabelecera-se com entreposto de secos e molhados ali na cidade mesmo e vendia, entre outras coisas, anchovas salgadas.

— E sua estância ficava ao lado de qual Serra Grande?

— De nenhuma.

Era hora de esmagar aquele embuste.

— Mas o título, Barão da Serra Grande?

Francisco da Silva sorriu, procurando idéias. Encontrou-as:

— Foi no momento em que Sua Majestade quis saber onde eu era nascido. Respondi-lhe que em Portugal, e que viera para cá com dez anos.

— E em Portugal o senhor nasceu junto a uma Serra Grande...?

— Sim. Como sabe? Na Serra Grande, de Serpa. Eu disse isso a Sua Majestade. Sua Majestade pousou a mão no meu ombro e falou: "Pois dentro em breve Vosmecê, em homenagem a ser tão gentil anfitrião, receberá o título de Barão da Serra Grande". Eu fiquei tão entusiasmado que mal consegui agradecer. O senhor doutor está me ouvindo?

Levantava um frio que vinha do Oeste e entrava pelo tutano dos ossos. O Historiador fechou a gola da sobrecasaca. O céu começava a escurecer. O mar, logo adiante do porto, crescia no tamanho de suas vagas e toldava-se de chumbo. "A Província é cinza. E esse homem continua mentindo." Francisco da Silva esperava. O Historiador deu curso a um estratagema repentino:

— Pois bem, confirmo-lhe que o Imperador cumprirá a promessa. Mas quero alertá-lo para as despesas. — E começou a enumerar, com pormenores impiedosos: confecção do pergaminho em várias cores, a Carta de Nobreza e Fidalguia, honorários do escrevente da Carta, emolumentos ao Escrivão de Nobreza, o pagamento ao Rei de Armas, o selo da Carta de Nobreza, mais o despacho à Secretaria do Império. — O comerciante escutava-o, mirando a ponta da bengala. A bainha da calça estava segura por um grampo de prender papel. "Os sovinas sempre dão alguma finalidade às coisas inúteis." – Acresça ainda o preço da cópia das armas.

– E em quanto importa tudo isso?
– Quatrocentos mil-réis no total, talvez mais.
– O quê? Um título de barão não vale todo esse dinheiro. – Francisco da Silva firmou a bengala, levantou-se. – Posso ser rico, mas não sou esbanjador. Meu dinheiro custou-me muito para ser conseguido.

"Desmascara-se a fraude. Para um avarento o dinheiro canta mais alto." – O Historiador levantou-se também. Agora era despedir mais um falso Francisco da Silva e ficar em paz com a consciência. Mas o homem seguia:

– Não que eu seja sovina, mas já basta o dinheiro que me obrigaram a entregar para a Cúria de Porto Alegre. – Estendeu a mão esquerda. – Faça boa viagem. – O Historiador ficou olhando para seu interlocutor, confuso, enquanto lhe apertava a mão. E o homem falava, falava, mas ele só ouvia aquelas palavras que se repetiam, "dinheiro", "Cúria". Tudo que antes parecia mentira, agora começava a fazer sentido. Estava ali o homem. Toda a procura estava materializada à sua frente. Mas a excitação aos poucos foi substituída por uma inesperada serenidade: por um desejo esperto de submeter o Destino, não lhe perguntou mais nada, não queria perguntar. Bastaria lançar uma dúvida, que a verdade viria, avassaladora.

Francisco da Silva, o último e possível Francisco da Silva da Província, dava-lhe as costas e saía, mancando da perna direita, empertigado de presunção e mesquinhez. De repente parou, voltou, tirou da carteira uma fotografia:

– Esquecia-me. O senhor doutor está nela. Foi tirada à frente da minha casa. – E passou uma foto, a mesma que estava no álbum da estância Santa Quitéria. – Ofereço-lhe por cinqüenta réis, uma pechincha. Aceita? Ótimo. Precisa de troco? – Contou o dinheiro. – Grato. Recomendações à Sua Majestade.

O Historiador olhava para a foto. Ali estava ele, inexpressivo, fitando o vazio. Seus ouvidos recomeçaram a zunir. Era uma telha de zinco rasgada por um prego. Voltou para o seu quarto. Abriu o vade-mécum: *Desisto de saber se o português é o verdadeiro Francisco da Silva. Desisto de escrever a minha História do Império por um Contemporâneo dos Fatos.* Pôs um ponto final. Desistia de escrever qualquer História. Ele tinha certeza de que, agora sim, era um homem livre.

Ao despir-se, nessa noite, ele pressentiu que Cecília viera a seu encontro. Sabia que ela estava lá, como uma sombra. Talvez fosse o perfume de alecrim, talvez um roçar suave em suas têmporas.

– Não se vá – ele disse. – Hoje aconteceu algo muito importante na minha vida. Quer saber? Uma coisa muito – pensou, e seu rosto transformou-se –, muito engraçada.

Dormiu durante doze horas, até o momento em que os raios do sol surgiram sobre a horizontalidade do mar. Dentro em pouco embarcaria para a Corte.

Lembrando de ontem, lembrando dos cinco fios de cabelo, do logro e do ridículo, ele não conseguiu conter um riso folgado e limpo, que logo se transformava em gargalhadas convulsivas, como nunca acontecera antes. Foi assim, perdido de rir até as lágrimas, que desceu sua valise para a portaria do hotel. O mensageiro da pensão olhava-o. O Historiador fez-lhe presente do poncho de Chico Silva:

– Faça bom uso. Isto só tem sentido aqui no Sul.

Um epílogo

No tombadilho, ele viu aproximarem-se as azuladas montanhas do Rio de Janeiro. Repassou as palavras que escreveria em seu relatório. Sentiu a aragem dos trópicos e julgou-se um homem feliz por estar de volta àquelas alegres temperaturas.

O *Maranhão* fez a complicada manobra para o atraque, evitando os bancos de areia tão perigosos nessa época. O belo porto lotava-se por uma infinidade de mastros festivos. As bandeiras de todas as cores davam a tudo um aspecto de circo aquático.

Atracaram ao meio-dia em ponto, pois escutou soarem as *sextas* na Capela Imperial. O Paço imobilizava-se no pleno calor de novembro. Ele procurou o Pavilhão Imperial. Não estava hasteado. Esquecia-se: com as primícias do verão, D. Pedro e sua família refugiavam-se em Petrópolis.

Voltou à cabina, lançou um olhar para sua cama. Não teria saudades. Foi à mesinha e apanhou seu caderno nº 17. Folheou-o com o polegar, como fazem as crianças que ainda não sabem ler. Na última folha, a pequena anotação a lápis. Fechou o caderno e o pôs em sua valise de marroquim cinzento. Depois que entregasse o relatório, iria requerer sua reforma. Em casa, teria todo o tempo para a sua vida e suas lembranças.

A tripulação abriu o portaló e baixou a prancha de acesso. As bagagens eram descidas por cordas até o cais e apanhavam-nas taifeiros com os torsos nus. O Historiador apresentou-se ao Comandante, que se despedia dos passageiros. O oficial respondeu-lhe com um rosto sério, não habitual a quem sempre era visto contando anedotas. Havia uma tensão naqueles olhos, algo acontecera e que o perturbava.

Desceu pela prancha, segurando-se nos oscilantes corrimãos de corda. Sempre achara perigosas essas pranchas.

Já estava entre o povo que se reunia por ali, ou por dever ou por curiosidade. Por detrás de uma sombrinha rendada emergiu o rosto de uma dama muito jovem, que levava pela mão um menino vestido à marinheira, de boné branco. Dizia ao menino: "Papai já vem, papai já vem".

Foi então que soube, por uma conversa trocada entre dois oficiais que fumavam: já não havia mais Império. Proclamara-se a República há dois dias. O Imperador fora obrigado a deixar o País no meio da noite, como um bandido. Os oficiais discutiam o ministério do Governo Provisório. Procurou saber mais. A verdade tornou-se límpida quando estava em frente ao Paço: todas as simbologias imperiais haviam sido retiradas, e já pairava sobre o edifício um pesado clima monótono, burguês e burocrático.

Sobre o Largo, entretanto, o sol brilhava. Um macaco-prego, fugido do pátio da loja *La Mode de Paris*, saltou para o galho inferior de uma mangueira. Lá estava, de olho aceso nos amendoins de um vendedor ambulante.

O Historiador foi ao Chafariz de Mestre Valentim. Agora que nada mais tinha a perder nem a ser reprovado, julgou-se autorizado a descansar. Sentou-se com delícia na mureta de pedra e, fazendo o que sempre lhe dera inveja, abanou-se com o chapéu. Pegou a valise, tirou dali o caderno nº 17. Olhava para aquela inesperada inutilidade. Nada daquilo fazia mais sentido, e seu cargo de Cronista da Casa Imperial transformara-se do dia para a noite numa monstruosidade de pomposo anacronismo.

Alguém vinha parar a seu lado.

Era ela. E sorria. Tomou o caderno das mãos do Historiador, abriu-o na última página, mostrou-lhe: *Francisco da Silva, campos do Rio Grande.*

– Sei – ele disse. – Sei o que fazer. – Revirou o bolso à procura da borracha de apagar, achou-a, e junto veio a surpresa de uma pluma. Olhou para Cecília, que fez "sim" com a cabeça. Ele ergueu a pluma, segurando-a com firmeza entre o polegar e o índice: a mão deixara de tremer. Então soprou, com lembrança e delicadeza, e a pluma saiu esvoaçando por sobre a praça. Fez a volta à torre da Capela Imperial e desapareceu no céu cristalino.

Depois, em dois ou três movimentos da borracha sobre o papel, o Historiador apagou o nome que o martirizara. Francisco da Silva desaparecia da memória, tragado nas paragens do Sul. E a História passava a ser outra.

Um dos vendedores de água atraiu-se pelas caretas do macaco na mangueira e largou por um pouco a pipa que trazia às costas. Sempre pensou que os macacos tinham algo de gente.

O Historiador parou para escutar. Algo sucedia, extraordinário e belo: muito pausadamente, como os lampiões de uma rua que um por um se apagam ao amanhecer, as suas cigarras calavam-se. Sobre o cantochão das vozes da Praça, agora ressoando em harmonia, passava a ouvir com nitidez o mar à distância, ouvia o fino ramalhar das folhas da mangueira, ouvia o vento perpassando as quinas do Chafariz. Ouvia até o pulsar do coração. E na plenitude daquilo que apenas acontecia no vácuo dos sonhos, e que ele desejava apenas como uma efêmera bênção noturna, ele pôde, enfim e para sempre, experimentar a pureza de todos os sons do Universo.

Naquele arrebatamento feliz, tentou formar uma de suas eruditas frases mentais para descrever o que sentia, mas frases não eram mais necessárias: sua alma, a partir de agora, compunha músicas.

O vendedor de água, que se distraía com a esperteza do macaco, deu passagem a um senhor de cabelos brancos que havia pouco baixara do *Maranhão*. Carregava uma valise cinzenta e estava muito agasalhado para o calor do Rio de Janeiro.

Mas tinha o olhar sereno, ria, gesticulava e conversava sozinho.

There is a silence where hath been no sound,
There is a silence where no sound may be –
In the cold grave, under the deep, deep sea,
Or in the wide desert where no life is found. *

> Thomas Hood, *Poems*.

---

* [Onde o som não acontece existe um silêncio,
E existe um silêncio onde o som não pode ser –
No túmulo frio, sob o mais profundo mar,
Ou no vasto deserto onde vida não há.]

(Trad. Beatriz Viégas-Faria)

Este livro foi escrito em Gramado e Porto Alegre, de junho de 2001 a junho de 2003. Junto a *O pintor de retratos* (Porto Alegre: L&PM, 2001), forma um díptico a que eu poderia chamar de *Visitantes ao Sul*. A unir essas duas obras independentes está o olhar estrangeiro sobre o pampa, além de outras conexões que o leitor já descobriu.

L.A. de A.B.

Impressão e acabamento
Imprensa da Fé